綿苗結花（学校）

【わたなえ・ゆうか】

地味で目立たない同級生女子。バレンタインチョコを、サプライズで渡したくて……!?

「……勘違いしないで。佐方くんの下駄箱だから、ここを開けたわけじゃないわ」

【朗報】

俺の許嫁になった地味子、家では可愛いしかない。7

「あんたら実は、めっちゃ仲良しでしょ!?」
掘田《ほった》でる
ゆうな、らんむと同じ事務所の先輩声優。今回は、自分の単独ラジオのゲストに、2人を迎えることになり……!?

ユニット結成！『ゆらゆら★革命 with 油《ゆー》』
和泉《いずみ》ゆうな
（結花 お仕事ver.）
結花の声優としての姿。
「良い意気込みね、ゆうな。明日から——三倍多い練習で、どうかしら？」
「めちゃくちゃ頑張りたいです！ 増やしましょう、練習！」
紫ノ宮《しのみや》らんむ
トップを目指す、ストイックな人気声優。ゆうなを優しく見つめる傍ら、ある『秘密』を抱えていて……

教室でやってみたいことは……
「あ、そうだ。お弁当、
あーんってやっても、いいですか？」

「ここ最近、誰かの視線を
感じることが何度かあったのだけど。
貴方の仕業だったのね」
野々花来夢
【ののはな・らいむ】
遊一の中学時代の同級生。
ついに彼女は、すべての
真実を打ち明ける……!?

「ゆうながずーっと、そばにいるよ！
だーから……一緒に笑お？」
そして「真実」が明かされる……！

「ふふーん♪　遊くんへのー、手作りチョコー♪

愛情たっぷり、チョコー♪」

綿苗結花（家）

バレンタインデーに向けて、チョコ作り中！　夢中になるあまり、サプライズなのに隠しきれてない!?

FLOUR

# 【朗報】俺の許嫁になった地味子、家では可愛いしかない。7

氷高 悠

ファンタジア文庫

3280

口絵・本文イラスト　たん旦

c o n t e n t s

# 第1話　許嫁《いいなずけ》のアプローチが過激すぎるとき、みんなどうしてる？

「ふへへへっ♪　ふっへへー♪」

リビングのドアを開けると、結花《ゆうか》がカーペットの上をごろんごろん転がっていた。

その口元は緩みまくって、ふへふへまっしぐら。

うん。いつもどおりの結花だな。

「ふにゃにゃっ♪　ふにゃにゃっ、ふにゃふにゃー……うにゃー‼」

――訂正。

いつもより多く、ふへっております。

バタバタと脚を揺らしながら盛り上がってる結花は、無邪気な子どもみたいで、見てるこっちまで楽しくなっちゃう。

まぁ、やたらハイテンションな原因は……きっと昨晩の、アレなんだろうけど。

昨日。俺と結花の家族が一堂に会する、顔合わせの席が設けられた。

少し前までの俺なら、たいして緊張するでもなく、その場をやり過ごせたと思う。

だって、この結婚のことを、酒の場で意気投合した父親同士が勢いで決めたもの……そう認識してたからね。

けれど——この結婚の裏側で。

うちの親父《おやじ》にも、結花のお父さんにも、色んな思いがあったんだって知ったから。

全力で悩んで、全力で向き合った。

親の離婚や、中三の手痛い失恋を引きずって……ずっと三次元での恋愛を避けてきた、自分自身と。

そして俺は、お義父《とう》さんと対峙《たいじ》して。

「結花さんを——俺にください‼」って、本気の想《おも》いをぶつけたんだ。

そんな、男の一世一代のイベントを乗り越えた俺は……自分の心に素直になろうと思った。今まで以上に結花を愛していこうって誓った。

——その結果というか、なんというか。

気持ちが昂《たか》ぶった俺は、昨日の夜。

初めて自分から、結花に……キス、しちゃったんだよな。

「……うにゃっ、遊《ゆう》くん！　おっはよー‼」

俺の存在に気付くと、結花はバッと立ち上がって、こちらに向き直った。

そして、瞳をキラキラさせながら、俺の胸に飛び込んでくる。

「ちょっ⁉　結花、危ないって……転んじゃうよ」

「うにゃあ？　分かんないにゃあ？」

「猫キャラ⁉」

「ふへへっ！　そうにゃー。遊くんの、可愛《かわい》いにゃんこの、結花だにゃー♪」

当たり前のように、自分の種族を偽ってる……。

そして結花は、俺の胸元に頬を当てると、すりすりーっと猫のようにじゃれてくる。

えっと……やめない、それ？

くすぐったいし、地味にめっちゃ照れるから。

「もー……結花ってば、何がしたいのさ？」

「ちゅーしたい」

「…………はい？」

なんか、とんでもないことを言われた気がするけど……きっと聞き間違いだよな？

さーて。リテイク、リテイク。

「結花。猫モードになって、どうしたの？」

「ちゅーしたいー」

「……中止たい？」

「違うよ⁉　いきなり博多弁で喋《しゃべ》り出したら、変な子じゃんよ‼」

いやいや。十分、変な行動してると思うよ？

そう言い掛けたけど――直前で、言葉を呑《の》み込んでしまった。

だって、俺の胸元にぴっとりしたまま、上目遣いになってる結花が。

……びっくりするほど、可愛かったから。

「……なに見てんのー」

「い、いや……特に意味はないけど？」

「意味もなく見ないでよー。遊くんのばーか……好き。ばか、好き、ばか……だいすき」

脳がとろけそうな声で、そう言いながら。

結花は、俺の背中に手を回して――ギュッと。

さっきまでより、強く強く、俺のことを抱き締めてきた。

「ゆ、結花？」

「見るだけじゃ、やだ……ね、ちゅーして？」

「え……えっと、それは……」

「……むぅ。ひょっとして、私の準備が足りないのかな?」

とんでもないアタックの連続に、脳がフリーズしかけてる俺を見て。

何を思ったんだか、結花は——ふっと目を閉じた。

そして、ぐいっと唇を突き出して。

「…………ゆーくん」

いやいや、待って待って?

そんな無防備な顔で、甘えたように名前を呼ばないで⁉

ゆうなちゃん推しの俺に、その和泉《いずみ》ゆうなボイスは効きすぎる。

……それに。

こんなこと、恥ずかしくて口には出せないけど。

その透き通るような声も。そのあどけない表情も。その華奢《きゃしゃ》な身体《からだ》も。

その純粋なところも。その一生懸命なところも。その優しすぎるところも。

すべて引っくるめて、今の俺は——綿苗《わたなえ》結花が、好きすぎるんだってば。

だから、気持ちは嬉《うれ》しいけど……心臓の動きがやばいっていうか、心の準備がまだっていうか。

「……おーい？　ここですよー？　結花ちゃんが、待ってますよー？」

そんな俺のドキドキを、知ってか知らずか。

結花は目を瞑《つぶ》ったまま、ちょんちょんって、自分の唇を指差してる。

心なしか、つま先立ちして顔を近づけようってしてるし。

あぁ……その子どもみたいな感じも、結花らしくて可愛いなぁ。

――なんて、思っていると。

「……遊くんの、ばーか」

結花がパッと目を開けて、不満そうに唇を尖《とが》らせた。

そして、むーっとしながら言ったんだ。

「こうなったら、もうぜーったい……遊くんがちゅーしたい気持ちになるまで、諦めないもんねっ‼」

あ、知ってる。このパターン。

こうなっちゃった結花は――そう簡単には、止まらない。

◆

というわけで。キスされなかったことに絶賛ご立腹中の結花さんは、俺をソファに座らせると、おもむろにTVの電源をつけた。

そして、画面に映ったサブスクを操作して、番組一覧を呼び出す。

「……なんでドラマ?」

画面に表示されてるのは、『流行のドラマ』のリスト。

俺と結花が普段観《み》ている番組は、アニメか、二原《にはら》さんに勧められた特撮作品くらい。ドラマなんて、まず選ばない。

なのに、なんで……『流行のドラマ』リスト?

そんなことを考えてるうちに、結花がピッと番組を選択した。

同時にはじまる、見知らぬドラマの最新話。

「えっと……なんの番組なの、これ?」

「ふーんだっ。観てのお楽しみだもんねーだっ!」

「いや、お楽しみって言われても。自慢じゃないけど、俳優とか女優とか、誰も分かんないくらいのレベルだよ？　三次元の顔認証ができるのは、ギリ声優くらい」

「ふーんだっ。このドラマのヒロインは、モデル出身の人らしいもんねーだっ！」

「なんの安心材料にもならないな⁉　モデルなんて、なおさら知らないって！　紫ノ宮《しのみや》らんむが憧れてるっていう真伽《まとぎ》ケイすら、顔も分からないレベルで──」

「もー‼　いいから、黙って一緒に観てくださーいっ！」

ぷっくり頬を膨らませながら、結花はそう言うと。

俺と、ソファの背もたれの間に潜り込んで、後ろから抱き締めてきた。

座りながらのバックハグという──とんでもなく密着した体勢。

「……ふへへっ……遊くんのにおい、すきー……」

俺の背中にもたれ掛かったまま、結花がなんか呟《つぶや》いてる。

黙って一緒に観ろって言ったのに、そっちの方が集中してないじゃん。

まぁ、俺も……背中に当たってる柔らかいものが気になって、これっぽっちも集中できてないけど。

「……好き……ふっ……あっ……」

──そのときだった。

淫靡《いんび》な嬌声《きょうせい》とともに、二人の男女が唇を重ね合わせるシーンが、映し出されたのは。

そのまま彼女は、男をベッドに押し倒し、数十秒にも及ぶ濃厚なキスをはじめた。

男もまた、段々と息を荒くしていく。

そして、男が彼女の服をまくり上げたかと思うと。

ブラジャーのホックに手を掛けて──。

「……って結花、まずいって！　これ、R18作品だよね⁉」

「ち、違うよ⁉　全年齢対象のはず……だってこれ、最近の女子高生のトレンドになってる、ちょっと過激な恋愛ドラマだもんっ‼」

「ちょっとどころじゃないな！　ほら、観なよ‼　二人とも完全に、服を脱いじゃって……アニメだったら、白い光が入る系のシーンだよ⁉」

「う、うー……確かに、思ってたよりえっちだけど……でも、女子高生のトレンドなんだってば！」

女子高生のトレンドを、そんな押し出されても。

だって、ベッドの上で肌を重ねて、キスしながら抱きあってるんだぜ？

こんなアダルト動画と紙一重なものが人気なのか、女子高生界隈《かいわい》……なんかまた、三次元女子への恐怖がぶり返しそうなんだけど。

「ねぇ、遊くん……キス、したくなった？」

動揺しまくっている俺の耳元で。

結花が甘く、囁《ささや》いた。

ゾクッと――電流のような刺激が、全身を巡っていく。

ＴＶからは男女の荒い吐息が、ただただ聞こえてくる。

「ゆ、遊くんが悪いんだからね？　す、すぐにキスしてくれないから……頑張ってムードを、盛り上げたんだからねっ⁉」

「ただ気まずいだけなんだけど⁉」

「そ、そんなの、私も一緒だもんっ！　こんなに、えっちな番組って知らなかったから……すっごく、恥ずかしいもん……」

尻すぼみに小さくなる、結花の声。

ふっと横を向くと、俺の肩にアゴを乗せたまま、結花は耳まで真っ赤になっていた。

少しだけ潤んだ瞳に、赤みを帯びた唇。

そんな蠱惑《こわく》的な結花の姿に、心臓の鼓動が速まるのを感じる。

……そりゃあ俺だって、男の子だし？

こんなの観させられたら、キスどころか――色々したいって、思っちゃうけど。

両家の顔合わせを終えて、今まで以上に結花のことが大好きになったからこそ。

結花の気持ちを、ちゃんと大事にしたいって思うんだ。

――だって、俺は。

和泉ゆうなも、学校での綿苗結花も、家での結花も。

心の底から――愛しているから。

「……えっと。最初にリビングで会ったときにさ。恥ずかしくって、すぐにキスしてあげられなくて……ごめんね、結花」

「……あうううう……」

真っ赤な顔で俯《うつむ》いている結花。

そんな結花の頭を、そっと撫《な》でながら。

「結花だって……こんなアダルトなキスを、したかったわけじゃないでしょ？　だから取りあえず、TVを消そう？　こういう雰囲気じゃなくって、次からはちゃんと――結花の気持ちに応えられるよう、心の準備をしとくからさ」

我ながら恥ずかしいセリフだなって、悶《もだ》えそうになるけど。

結花の気持ちを、大事にしたいって思うから。

この気まずいムードを終わらせようと……俺は正直な気持ちを、伝えたんだ。

「……したくないわけじゃ、ないよ？」

――だってのに。

結花がとんでもない爆弾発言を、ぶっ込んできた。

「……え？」

言葉を失う俺を横目に、結花がいそいそと、俺の真横に移動した。

そして、俺の服の裾をギュッと掴《つか》んで……潤んだ瞳で、言ったんだ。

「……えっちすぎるのは、さすがに恥ずかしいけど。昨日の夜、遊くんにキスされてから
――頭の中がずーっと、遊くんでいっぱいなんだ。だから……ね？」

そうして結花は、俺の肩にしなだれ掛かると。

ふっと――目を閉じた。

「お願い、遊くん……いっぱい、キスして？」

高二の四月。

ひょんなことから綿苗結花は、俺の許嫁《いいなずけ》になった。

コミュニケーションが苦手で、学校ではお堅い雰囲気の結花だけど。最近は随分と、クラスに馴染《なじ》んできている。

声優としても、いつだって努力していて。第二回『八人のアリス』の結果発表が楽しみなくらい、躍進が止まらない。

そして、家での結花は。

本当に……可愛《かわい》いしかなくって。

俺の心を摑んで、離さないんだ。

――だから。

お互いの心の準備ができてないから、キス以上はしてないけど。

キスだけは――したんだ。

……………飽きるくらい、何回も。

# 第2話　【速報】二月になった途端、クラスの雰囲気が変なんだけど

昼休みの教室で。

俺はマサと向かい合わせに座って、昼飯を食べはじめようとしていた。

「遊一《ゆういち》、今日から二月だぜ？　もう少しで第二回『八人のアリス』が発表されるとか、やばすぎねーか⁉」

購買で買ったパンの袋を開けつつ、マサが興奮したように声を上げた。

「あー……そっか。もうそんなに経《た》つのか」

弁当の蓋を開けながら、俺はしみじみと応える。

新年が明けてから、もう一か月か。

思い返しても、今年の一月は……本当に濃厚すぎる一か月だったなって思う。

中三の頃、俺がフラれたのをクラスに広めたのが、来夢《らいむ》本人じゃなかったと知って。

ノリで決めたと思ってた俺たちの結婚話に、親父《おやじ》なりの親心があったんだと知って。

そして、結花《ゆうか》のお父さんには──『未来の夫』としての本気を、ぶつけて。

激動の一月だった。

割とマジで、人生で一番きつい一か月間だったと言っても、過言じゃないくらい。

そりゃあ、結花との将来のために、必要な時間だったとは思うよ？

でもさ。結花と出逢《であ》うまで、俺は『彼女いない歴＝年齢』だった男だぜ？

そんな俺が、義理の親に結婚の許しを請《こ》うイベント発生とか……恋愛レベルのインフレが、半端《はんぱ》なさすぎた。

それだけ消耗したからこそ。

一月はさすがに、穏やかに過ごしたいなぁって……思わずにはいられない。

「なぁ、遊一。俺……らんむ様が『トップアリス』になったら、結婚するんだ」

「…………あん？」

物思いに耽《ふけ》っていた俺に、マサが訳の分からない妄言をぶち込んできた。

ちょっと何言ってんのか、マジで分かんねぇ。

「……ああ。死亡フラグ的な？　何お前、死ぬの？」

「ちげーよ、馬鹿！　ハッピーエンドへのフラグに、決まってんだろーが‼」

「誰と誰の？」

「そりゃあ、お前……俺とらんむ様の、だよ。言わせんな、恥ずかしい！　らんむ様が『トップアリス』になったとき、俺とらんむ様は――永久の愛を誓うんだ‼」

「変な妄想聞かせんな、恥ずかしい」

共感性羞恥がエグすぎて、本気で辛《つら》いんだけど。

……いや、まぁね？

俺だって、ゆうなちゃんとの結婚妄想をはじめたら、三時間は軽く過ぎるし。気持ちは分かんなくもないけどさ。

「……なぁ、遊一。今、俺を笑ったか？」

「……は？」

さっきまで楽しそうに語ってたはずのマサが、なんか知らんけど、暗黒面に落ちたような顔つきに変わった。

「はぁ……いいよなぁ、お前はぁ……『俺は実際に、ゆうなちゃんと結婚するんだけどな』って、思ってんだろぉぉぉぉ……？」

「何も言ってねぇだろ⁉　斬新だな、取ってもないマウントの濡《ぬ》れ衣《ぎぬ》とか‼」

「いーや、お前はマウントを取ってる！　俺がそう判断した‼」

なんだこいつ。

マサの情緒がジェットコースターすぎて、もはや恐怖すら感じる。

「おー。なーんか盛り上がってるねぇ、お二人さん？」

そんな感じで、マサと内容のない会話をしていたところ。

一人のギャルが、俺たちの机に手をついて、ニヤッと笑った。

二原桃乃《にはらもも の》。

陽キャなギャルに見せかけた、特撮大好き高校二年生。

「あれれぇ？　ねぇねぇ佐方《さかた》ぁ、どこ見てんのさー？」

とか言いながら、二原さんはわざと、自分のブレザーの胸元をくいっと引っ張った。

そうすると必然、その見事な渓谷が露《あら》わになるわけで。

必然的に、俺の視線も……そこへ吸い寄せられてしまう。

「きゃー。佐方が胸を見たー。えっちぃー」

「待って待って⁉　今、自分から見せてきたよね⁉」

「見せたけどぉ……それを見るか見ないかは、佐方次第っしょ？」

「無理だよ⁉　胸を見ないようにする身体機能なんて、男子全般に備わってないから‼」

自ら胸をアピールしておきながら、見た相手を罠《わな》にはめる。

とんだ渓谷の魔女だな。

「……そんなに谷間が好きなら、ライオンにでもなれば？」

そのときだった。

極寒のごとき声が、俺の鼓膜に突き刺さったのは。

一気に体温が下がっていく。

頭の中が真っ白になっていく。

だって、この声って……。

「獅子《しし》は我が子を、千尋の谷へ突き落とすって言うけれど。佐方くんは、胸の谷に飛び込みたいのね。佐方くんって……けだものね」

おそるおそる振り向くと。

予想どおり、そこにいたのは――綿苗《わたなえ》結花だった。

ポニーテールに揺った、黒いロングヘア。

眼鏡のおかげでつり目に見える、大きな瞳。

そんな学校仕様のまま、結花は口を一文字に結んで、ジト目で俺を睨《にら》んでいた。

「わ、綿苗さん？　こ、これは不可抗力ってやつで……」

「胸を見るのは不可抗力……獣はみんな、そう言うわ」

「獣はみんな、喋《しゃべ》らないと思うけど」

「ああ言えばこう言うし、胸あれば胸を見るのね。たちが悪い」

「まぁまぁ。綿苗さん、落ち着いてってぇ。佐方は確かに、エロいかもしんないけどさ
……うちなんかより、綿苗さんの方に興味あるって！」

勝手に俺の尊厳を貶《おとし》めるの、やめてくれない？

そもそも場を混乱に陥らせたのは、二原さんだからね？

なんて、考えているそばで――むにゅっと。

二原さんが後ろから、結花の胸を鷲摑《わしづか》みにした。

「……にゃっ⁉　ちょ、ちょっと桃《もも》……二原さん⁉」

ボタンをきっちり留めてるから、肌こそ見えないけれど。

制服の上からでも分かるくらい、結花の胸の膨らみが露わになった。

「ほーら、綿苗さん？　見てみ、佐方の顔……めっちゃ綿苗さんに、釘付《くぎづ》けっしょ？」

「あ……ほんとだ。佐方くん、すごく見てる……」

「なんで顔を赤らめてんの!? 綿苗さん、いい加減そのふざけたギャルを叱りなって‼」

「いいよなぁぁぁ遊一はぁぁぁ……好き勝手なことが、できてよぉぉ？」

「うるせぇな、お前は！ 好き勝手なことなんか、してないだろ‼」

……………まぁ、こんな風に。

激動の一月を終えたあとも。

俺たちの日常は――相変わらずな感じだ。

◆

「あれ？ 桃と綿苗さん、なんで佐方たちと一緒にお昼食べてんの？」

プチ騒動の末に、なんだかんだで四人で一緒にご飯を食べることにしたところ。

近くを通り掛かった二原さんの友達が、声を掛けてきた。

それに対して、二原さんが箸を持ったまま答える。

「んや、理由はないけどさ。たまには、こーいうのも面白いかなって！」

「まぁ桃は、そうだろうけどさ。綿苗さんは、なんか珍しいじゃん？ こういうの」

「…………そう？」

急に話し掛けられたせいか、結花はビクッと肩をこわばらせた。

前よりはクラスメートとの距離も近くなったけど、こういう突発的な場面にはまだまだ弱いよね。結花は。

「おーい、何してんのー？　綿苗さん、珍しーね。佐方たちとご飯食べてるとか」

そうこうしている間に。

他にも数人の女子たちが、わらわらと俺たちの近くに集まってきた。

「ねぇねぇ、綿苗さん。今度はわたしらとも、お昼食べよーよ？」

「……よしなに」

「あははっ！　やっぱ綿苗さんの言葉のチョイス、ツボだわー。倉井《くらい》たちとは、どんな話してたの？」

「倉井くんとは……特に。二原さんと、佐方くんとは……まぁ」

「なんで俺だけハブってる感じの言い方なんだよ⁉　俺とも会話してただろ、四人で一緒によぉ‼」

「…………はて？」

テンパってるのか、綿苗流ジョークなのか、定《さだ》かじゃないけど。

集まっていた女子たちは、そんなとぼけた結花の反応を見て、楽しそうに笑ってる。

それは決して、馬鹿にした感じじゃなくって。

綿苗結花というキャラを、友達として受け入れている、優しい雰囲気で。

こんな空気こそが、人とのコミュニケーションが苦手だった結花が、ずっと求めてたものなんだろうなって――なんだか温かな気持ちになる。

「そーいやさ、聞いてよ桃！　この子さ、今年のバレンタインに……」

「ちょっ……ストップッ‼　男子がいる前で、そんな話すんな！　広まっちゃったらどうすんのよ‼」

「え、何その反応！　ひょっとして、本命チョコ的な⁉」

二原さんが目をキラキラさせながら、女子たちの話に食いついた。

ああ。そっか、二月だもんな……そういう話題も出てくるか。

――バレンタインデー。

それは、モテない男子にとっては苦痛でしかない、企業の策略によって生み出された悪魔のイベント。

「……なぁ、遊一。板チョコで殴り続けたら、イケメンは死ぬと思うか？」

「割れるだろ……板チョコの方が」

俺の隣で難しい顔をしたマサが、素っ頓狂なことを言い出した。

気持ちは分かるけどな。俺だって去年までは、リアルのバレンタインデーなんて、疎《うと》ましいとしか思ってなかったし。

……去年までは、だけど。


「あ、ちなみにさ——綿苗さんは、誰かにチョコ渡すん？」

「ふぇっ⁉ べ、別に⁉」


そのときだった。

バレンタインデートークを振られた結花が、あからさまにキョドった反応をしたのは。

「あ！ その反応、めっちゃ怪しー‼ 本命チョコでしょ、本命！」

「べべべべべ別に⁉ ちょちょちょちょチョコって、なんですかそれ⁉」

勢いよく立ち上がって、両手をわたわたと振り回す結花。

チョコの存在を知らないのはおかしいでしょ。挙動不審の塊にもほどがある。

そんな様子を見れば当然——周りはますます、興味津々《きょうみしんしん》になる。

「かわっ……綿苗さん、可愛《かわい》すぎるんだけどー！」

「え、誰？　誰に渡すん⁉」

「だだだ誰にでしょう⁉　わわわわ、私は綿苗結花……」

「……ちょいちょーい。あんたら、よーく周りを見なって」

ガールズトークで沸き立つ女子たちを制するように、立ち上がった二原さん。

普段はへらへらしてるし、俺や結花をからかってくるけど。

本当に困ったときは、ヒーローみたいに立ち回る——それが特撮ギャル、二原桃乃。

「男子がいんのに、そーいう話はNGっしょ？　綿苗さんだって困るっての。本命チョコなら、なおさらさ」

「う……確かに」

「ごめんね綿苗さん、勝手にテンション上がっちゃって」

「い、いえ！　謝られるようなことじゃないし……むしろ、ちょっと嬉《うれ》しかったから」

二原さんの一声で、トーンダウンした女性陣に対して。

結花は、少しおどおどしながら——言った。

「私、これまで……みんなとこういう話、したことなかったので。だから、恥ずかしいけど——すごく、嬉しいの」

たどたどしいけど、一生懸命に、結花は正直な気持ちを紡《つむ》いでいく。

その言葉に当てられたように、女子たちは揃《そろ》って笑顔になって。

「そんなかしこまんなくても、大丈夫だよ綿苗さん？」

「そーそー！　あたしらだって、綿苗さんと話したいもん‼」

「あ、ありがとうございます……」

「ちな、二月十四日ってさぁ。実は綿苗さんの、誕生日でもあるんだよ！　ね、綿苗さん？」

まだガチガチな結花への助け船なのか、二原さんがそんな話題を振った。

「え、すごー！　バレンタインデーが誕生日とか、なんか可愛いー‼」

「え、え？　じゃあさ、バレンタインデーに本命チョコ渡して、付き合うとかになったら――彼氏が誕生日プレゼントってこと⁉」

「ごめん……ちょっとそれは、なに言ってんのか分かんないわ」

「じゃあ、友チョコ持ってこなきゃね。誕生日のお祝いにもなるしさ！」

「あ……えへへ。ありがとうです……すっごく嬉しい」

――温かい空気に包まれて、笑っている結花の横顔を見ていたら。

なんだか俺まで、胸の奥が熱くなってきた。

二月十四日まで、もう少し。

バレンタインデーと誕生日……結花が両方とも満喫できるように、俺も色々準備とかしなくちゃな。

「っていうかさ。桃って割と、綿苗さんと話してるよねー。誕生日も知ってたし」

「そりゃそうよ。だって、うちと綿苗さんは、めっちゃ仲良しなんだかんね！　ねー、綿苗さんっ‼」

「う、うん！　二原さ……桃ちゃんは。私の、一番の友達だよ」

――『二原さん』って言い掛けたところを、敢《あ》えて呑《の》み込んで。

結花は、はっきりと『桃ちゃん』って……そう呼んだんだ。

学校以外で、いつも呼んでいるみたいに。

「…………結《ゆう》ちゃん」

思いがけない結花の一言に、二原さんは――段々と目尻に涙を滲《にじ》ませていく。

それから、堪《たま》らなくなったのか、結花に思いっきり抱きついた。

「……そーだね。うちも結ちゃんのこと、一番の友達だと――思ってるかんね」

結花と二原さんの微笑《ほほえ》ましい様子に、他の女子たちも朗らかに笑う。

そんな光景をぼんやり見ながら、マサが小さな声で言った。

「……綿苗さん、変わったよな。いい意味で」

その言葉に、大きく頷《うなず》いて。

俺は迷うことなく、応えた。

「言われなくたって、そんなの――俺が一番、知ってるっての」


――ちなみに、その後。

「でさ、綿苗さん。結局、本命チョコは誰に渡すの？」

「そ、それは……まだ恥ずかしくて、言えないけど……」

結花は頬を赤く染めたまま……ちらちらと。

会話の途中で幾度となく、俺の方に視線を送ってきた。

二原さんが察して、場を取りなしてくれたからよかったものの……マジでやめよう、それ？　いくらなんでも、あからさますぎるから。

そりゃあ、もちろん――嬉しかったけどさ。

☆先輩の可愛いところ、見ちゃいましたっ☆

「ゆうな。今の振り、少し遅れているわ」

「は、はい！　すみません、らんむ先輩‼」

膝に手をついて息を切らしてたら、らんむ先輩にズバッと言われちゃいました。

ふへぇ……らんむ先輩ってば、すごいなぁ。

同じ練習してるはずなのに、呼吸ひとつ乱してないんだもん。


――ここは『60Pプロダクション』の事務所にある、ダンススタジオ。

今日は一日このスタジオを借りて、張り切って新曲の練習をしていますっ！

ツインテールにセットした茶髪のウィッグをかぶって、上下ピンクのジャージを着た私――和泉《いずみ》ゆうなと。

紫色のスウェット姿で、優雅に佇《たたず》む紫ノ宮《しのみや》らんむ先輩。

オフショルダーのTシャツ&赤のショートパンツって格好で、ぐったりしてる掘田《ほった》でるさん。

そう……『ゆらゆら★革命 with 油《ゆー》』の、三人で！

「ら、らんむ……ちょっと休憩しようって……死ぬ……」

「さっきも休憩しませんでした、掘田さん？」

「あんたらほど若くないの……悪かったわね……っ！」

恨み言みたいにそう言って、その場で大の字に寝っ転がった掘田さん。

練習で息が上がったからか、ほっぺたが真っ赤になってる。

…………か、可愛いっ！

掘田さんって、もともと私より小柄だし、目もくりくりで大きいんだよね。

先輩なのに申し訳ないけど——ギューッてして、撫《な》で回したいなーって思っちゃう。

「……ねぇ、ゆうなちゃん。今なんか、失礼なこと考えなかった？」

「え⁉ そ、そんなまさか！ 掘田さんが萌《も》えキャラすぎて、なでなでしてギューッてしたいだなんて、絶対に思ってないですっ‼」

「よーし、喧嘩《けんか》だな！ 買ってやるわよ、石油一バレルで‼」

「……あの。元気になったのなら、早く練習を再開したいのですが」

そんなやり取りをしていたら、スタジオのドアが、ガチャッと開きました。

「三人とも、練習に精が出るわね」

顔を覗《のぞ》かせたのは、私とらんむ先輩のマネージャーの、久留実《くるみ》さん！

いつも思うけど、ショートボブな茶髪とタイトスカートの組み合わせって、なんだか大人びて見えるよね。

遊《ゆう》くんも、こういう大人な魅力で迫ったら……ドキドキしてくれるのかな？

「なぁに、くるみん？　差し入れ持ってきてくれたわけ？」

「持ってきたわよ。はい、シュークリーム」

「わぁ、ありがとうございますっ！　ここのシュークリーム、おいしいんですよね‼」

「食べたら、練習に戻りましょう。時間は有限。だらけている暇など、ないのだから」

「スパルタすぎんのよ、らんむは！　分かったってば、ちゃんとやるから‼」

「……ぷっ。あははははっ！　やっぱり君たちは面白いね、見ていて飽きないよ」

――その声を聞いた途端。

私たち三人は、ピシッと姿勢を正しました。

だって。久留実さんの後ろから顔を見せた、この人は……。

「ああ。そんなにかしこまらないでくれ。たまたま事務所に来ていたら、鉢川《はちかわ》から君たちが練習していると、聞いたものでね。少し見学に来ただけだ」

高級そうなグレーのスーツ。

パーマの掛かった、金色に近い鮮やかな色の茶髪。

右の目元にあるホクロは、なんだか艶《あで》やかに感じちゃう。

そんな圧倒的な存在感を放つのは、この事務所のトップに立つ人。

『60Pプロダクション』代表取締役《だいひょうとりしまりやく》──六条麗香《ろくじょうれいか》さんでした。

「ああ、そうだ。紫ノ宮、和泉……先日の『アリラジ』の生配信だが、随分と評判が良かったよ。このまま三人とも、第二回『八人のアリス』に選ばれるといいな」

「は、はい！　ありがとうございます、頑張ります‼」

「ありがとうございます、六条社長。二人のユニットに、追加で参加させてもらった以上は……結果を残せるよう、精進します」

かしこまりつつ、私と掘田さんは、精一杯の返事をしました。

だけど、らんむ先輩だけは。

「私は──必ず『トップアリス』に、なってみせます」

瞳になんだか、静かな炎を燃やしながら──言いました。

そんならんむ先輩を見て、六条社長は楽しそうに笑ってます。

「はう？　随分と大きく出たね、紫ノ宮」

「『芝居』に人生を捧《ささ》げると誓って、私は声優になりました。たとえ他のすべてを捨ててでも、見ている人たちに夢を届けられるよう、全力を尽くしてきました。だから今回こそ、必ず——『トップアリス』になります」

「熱い志だね、相変わらず。その生き様は確か、ケイから学んだんだったかな？」

「ええ、そうです。真伽《まとぎ》ケイさんは私にとっての——道しるべです」

六条社長が相手でも、一切躊躇《ためら》わずに答えるらんむ先輩。

やっぱり、らんむ先輩はすごいなぁ。ため息が出ちゃうよ。

「……と、紫ノ宮は言っているが？　何か感想はあるかな」

「からかわないで、麗香……入りづらくなるでしょう？」

ご機嫌そうな六条社長をたしなめるように、誰かが言いました。

なんだか聞き馴染《なじ》みのない声だなぁ、なんて思っていると。

ゆっくりと、スタジオに入ってくる——一人の女性の姿が。

それは、たとえるなら……御伽話《おとぎばなし》の中から飛び出した妖精のような。

この世のものとは思えないほど、綺麗《きれい》な人でした。

お人形みたいにぱっちりとした瞳と、滝のようにまっすぐ流れる黒髪。

百七十は超えてそうな長身だし、まさにモデル体型って感じなのに……微笑んでる様子は、まるで少女みたい。

知ってる。雑誌とかで見たことある。

この人は確か、らんむ先輩の憧れの――。

「……真伽、ケイさん？」

らんむ先輩が戸惑いがちに、その名前を呼びました。

「ええ。初めまして、『ゆらゆら★革命ｗｉｔｈ油《ゆー》』の皆さん。わたしは、真伽ケイ――『60Ｐプロダクション』では、専務《せんむ》取締役兼アクター養成部長を務めてます」

……本物の、真伽ケイさんだ。

私が物心つくより前に、日本中を沸き立たせたトップモデルで。

六条社長と一緒に『60Ｐプロダクション』を立ち上げた――雲の上の人。

「……ほらぁ。麗香がハードル上げたから、みんな反応に困ってるじゃない」

「単純にケイが、彼女たちの憧れの存在なだけだろう？　なぁ、鉢川？」

「え、わたしですか⁉　ええと……六条社長も真伽さんも、わたしたちにとっては雲の上の方ですので。どちらにも緊張するのが、当然かなと……」

歯切れ悪く答える久留実さんを尻目に、楽しそうに笑う六条社長。

「まぁ、冗談がすぎたのは事実かもな。それでは改めて……彼女が紫ノ宮だよ、ケイ」

「初めまして、紫ノ宮さん。麗香から噂《うわさ》は聞いているわ。人並み外れた情熱を持って芝居に臨んでいる、素晴らしい才能の持ち主だって」

「い、いえ、とんでもないです。真伽さんに比べたら、私なんてまだまだで……」

「え、何その反応？　いつもの強気ならんむは、どうしたのよ？」

「……真伽さんに礼節を尽くすのは当然でしょう？　掘田さん、空気を読んでください」

「あんたとゆうなちゃんにだけは、空気を読めとか言われたくないわ……」

わぁ……らんむ先輩がこんなにかしこまってるの、初めて見たかも。

どうしよう。なんだか私まで、緊張してきちゃった……。

「お会いできて光栄です、真伽さん。『トップに立つということは、自分のすべてを捨てる覚悟を持ち、人生のすべてを捧げること』――この言葉が今でも、私の支えなんです」

「わぁ、よく知ってるわね？　かなり昔のインタビューで喋《しゃべ》った言葉なのに」

「私が『芝居』にすべてを賭《と》すと誓った頃に、この言葉を知って――とても感銘を受けました。真伽さんのこの信条が、道しるべになってくれているから……私は声優として、全力で励めているのだと思います」

「……そうなんだね。お役に立てたのなら、よかったわ」

らんむ先輩の言葉から、一拍くらい置いて。

真伽さんは和やかな調子で、そう応えました。

それから――くるっと、私と掘田さんの方に身体《からだ》を向けて。

「和泉さんと掘田さん。二人のことも聞いているわ。とっても個性的で、キラキラ輝いている子たちなんだって」

「ありがとうございます。ユニット最年長として、二人を引っ張れるよう頑張ります！」

「え、えっと……あ、ありがとうございます……」

あぅぅ……テンパりすぎて、ぼそぼそ喋りになっちゃった。

私ってば、らんむ先輩と掘田さんに比べて、だめだめすぎるじゃんよぉ……。

「演者には――それぞれの信念があって、それぞれの光がある。正解はひとつじゃないから。だからどうか……三人とも、自分の想《おも》いを大切にしてね」

――ちょびっとだけ落ち込んでいたのが、馬鹿らしくなるくらい。

優しすぎる声色で、真伽さんは言いました。

「月並みだけど、応援しているわ。三人が……ううん、この事務所のみんなが。たくさんの笑顔で――羽ばたけるようにって」

その瞬間の、真伽さんの笑顔は——まるで天使みたいで。

なんだか分かんないけど、ものすっごく……ドキッとしちゃったのでした。

◆

「……えへへへっ」

練習が終わって、更衣室で着替えていたら。

私はふっと、真伽さんと話したときのことを思い出して……笑ってしまいました。

「何を呆《ほう》けているの、ゆうな？」

そんな私を怪訝《けげん》そうな顔で見てくる、らんむ先輩。

ちなみに掘田さんは、早々に着替えを済ませて、ラウンジの方に戻ってます。

「た……たいしたことじゃないんですよ？　ただ、真伽さんと話してるときのらんむ先輩が、いつものとのギャップで可愛《かわい》かったなーって……思ってるだけだと思いますっ！」

「……馬鹿にしているという判断で、いいのかしら？」

ぎゃあああ⁉

らんむ先輩ってば、目の奥が完全に笑ってないじゃんよ！

「ご、ごめんなさい、らんむ先輩‼　で、でも……らんむ先輩の熱い思いに感動したのは、本当なんです。だから私も──『八人のアリス』を目指して、頑張りますっ！」

私があたふたしながら、説明していたら。

らんむ先輩も、ふっと──表情を柔らかくしてくれました。

「そうね……お互い頑張りましょう。より一層、高みを目指して」

「いいですね、らんむ先輩！　こうなったら、絶対にいい結果を残しましょうね‼　いっぱい練習しますし、神社にもお参りしちゃいますっ！」

「この話の流れで、神頼み？　まったく……相変わらずね、ゆうなは」

あ……また私ってば、とぼけたこと言っちゃったかな？

らんむ先輩の呆《あき》れたような反応に、ちょびっと反省していると……。

「だけど、確かに──たまには験《げん》を担《かつ》ぐのも、悪くないかもしれないわね」

冗談めかしたように、そう言うと。

らんむ先輩は、目を細めて……にっこり笑ってくれたのでした。

# 第3話　イベントに備えて、色んな願掛けやってみた

「ねぇねぇ遊《ゆう》くん！　デートしよっ‼」

前振りもなく、そう言うと。

結花《ゆうか》はえいっと、ソファで寝転がってる俺のお腹《なか》目掛けて、飛び込んできた。

昼の日差しが注ぐ、休日のリビングで。

俺のお腹でぐでーっとなったまま、ふへふへご機嫌そうにしている我が許嫁《いいなずけ》。

「えっと……デートじゃなく、こうしてのんびりする流れでいいの？」

「――はっ！　そうだった、まったりしてたら駄目じゃんよ‼　おそるべし、遊くんのまったりパワー……っ！」

「結花が勝手にまったりしたんでしょ」

「違うもんねーだっ。遊くんが私を、たぶらかしたんだもーん。遊くんのばーか……ふへへっ。うそ、大好き」

不意を突いた、結花の精神攻撃。

効果は抜群。俺の心臓は一瞬止まった。

――いや。マジでやめてくれないかな、そういうの？

命がいくつあっても、すぐに残機ゼロになっちゃうから。

「……そ、それで？　どこか行きたいところがあって、言ったんじゃないの？」

「あ、うんっ！　どうしても行きたいところがあるんだけど、遊くんも一緒に来てくれないかなーって」

「もし、嫌だって言ったら？」

「泣いちゃう」

「行くって言ったら？」

「ちゅーしちゃう」

それはそれで、行くって言い出しづらいんだけど。なんかキス目当てみたいな空気になっちゃうし。

とか思ってると……チュッと。

結花が俺の唇に、自分の唇を触れ合わせた。

「ちょっ⁉　ゆ、ゆゆゆゆ結花⁉」

「あー、もうしちゃったなー。これはもう、一緒に行くしかないねっ！」

言いながら結花は、小さく舌を出して笑った。

その頬が、ほんのり赤く染まって見えるのは……きっと、日差しのせいだけじゃないと思う。

「と、いうことで……私と一緒に、願掛けに来てください！　遊くんっ‼」

◆

「ゆーうくんっ♪　ゆーうくんっ♪」

動物の鳴き声みたいに、俺の名前を呼びながら。

隣に座ってる結花は、俺の胸に頭を押し当て……ぐりぐりーってしてきた。

うん。まぁ、いつもどおりの結花ではあるんだけど……。

俺は心を鬼にして——痛くない程度の力で、頭頂部目掛けてチョップした。

「——うにゃっ⁉　ゆ、遊くんが……ＤＶ⁉　きゃー、たすけてー、すきー」

「人聞きが悪いな……あのね、結花？　ここはどこだっけ？」

「電車でーす」

「そうだね、電車だね？　それじゃあ、電車の中で家みたいにベタベタしたら、どうなると思う？」

「幸せになる！」

「違うよ！　周りに冷たい目で見られちゃうから、やめなって言ってんの‼」

まったくもぉ。最近の結花ときたら。

甘えん坊なところは、前から変わらずなんだけど。

両家の顔合わせが終わってからは、それが過剰になったというか。

平たく言えば――バカップル全開になった感じ。

「……私だって、分かってるもん。あんまり外でイチャイチャするのは、良くないってことくらい」

俺の注意が効いたのか。

結花は俯《うつむ》きがちに、小さな声で呟《つぶや》きはじめた。

「だけどね。一緒に暮らしはじめた頃にも、こうして電車でお出掛けしたなぁーって、思い出してたら……遊くんのことが大好きって気持ちで、いっぱいになっちゃって。はしゃぎすぎちゃった」

「ああ……そうだったね。電車でショッピングモールに行って、そこで二原《にはら》さんに見つかって。大変だったっけ、あのときは」

なんだか、随分と昔のことのように感じるな。まだ数か月前の出来事なのに。

なんて、当時のことを思い返していると――。

結花は俺の服の裾を摑《つか》んで、上目遣いになった。

「遊くん……ごめんねするから、嫌いになんないでね？」

心をくすぐるような可愛い声で、そう言われて。

透き通るように綺麗《きれい》な瞳で、見つめられて。

とてもじゃないけど、結花を直視していることなんて、できなくって。

「当たり前でしょ。俺が結花を嫌いになるとか……絶対にないって」

――そう答えるだけで、精一杯だった。


「わぁ……やっぱり大きいねぇ、遊くんっ！」

そんな感じで、ドキドキの電車タイムを過ごしてから。

俺と結花は、第二回『八人のアリス』のお披露目イベントが行われる予定の、会場前まで来ていた。

至るところに据えられた、白くて巨大な円柱。

その円柱に支えられた建物は、見上げてもまるで見渡せないほど大きくて。

これまで和泉《いずみ》ゆうなが参加してきたものとは、まるで規模が違うイベントなんだなって……実感せずにはいられない。

「ここに来るのが、結花の願掛けだったの？」

「うんっ！ お披露目イベントに出演するのが誰かっていうのは、再来週の結果発表まで、私たちも知らないんだ。可能性のある声優は一応、スケジュールが押さえられてるんだけどね」

だから……と。

結花はイベント会場を見上げたまま、朗らかな声で言った。

「結果発表される前に、こうしてお参りしておいたら、なんだか願掛けになりそうな気がしない？」

「……うん。確かに、そうだね」

無邪気に笑ってる結花の横顔を見ながら、俺は深く頷《うなず》いた。

このひたむきで、純粋な結花の努力が、どうか実ってほしいって。

心の底から――そう思う。

「……私はね。らんむ先輩みたいな、すごい声優じゃないから」

結花が独り言《ご》ちるように、言った。

「だからずっと、ランキングとかは無縁だって思ってたし……そんなに執着、なかったんだよね。ファンのみんなが笑顔でいてくれて、遊くんや家族や友達が、笑って毎日を過ごせてるんなら——私の人気が地味だったとしても、十分幸せだもん」

「それじゃあ、なんで願掛けなんて……」

俺が言い終わるよりも先に、こちらに顔を向ける結花。

そして、風になびく黒髪を、右手で掻《か》き上げて。

「……遊くんと出逢《であ》って。私はいっぱいの幸せと、勇気をもらったんだ。クラスでうまく話せなくって、一人で過ごしてた綿苗《わたなえ》結花も——失敗ばっかりで落ち込んでた、和泉ゆうなも。遊くんのおかげで、変われたから」

そして結花は——微笑《ほほえ》んだ。

陽《ひ》の光を浴びて咲き誇る、花のように。

「だから、その気持ちに応えたいって、そう思ったんだ。遊くんだけじゃなくって——いっぱい応援してくれた家族や桃《もも》ちゃん、一緒に色んな活動をしてきたらんむ先輩や掘田《ほった》さん、いつも支えてくれた久留実《くるみ》さん——みんなの気持ちに、応えたいって」

穏やかな声色だったけど、その言葉には——熱く燃える想《おも》いが籠もっていた。

だから俺は、そんな結花を最後まで支えていきたいって……そう思ったんだ。

和泉ゆうなの一番のファン、『恋する死神』としても。

綿苗結花のたった一人の『夫』——佐方遊一《さかたゆういち》としても。

◆

イベント会場を後にした俺と結花は、電車に揺られて地元まで戻ってきた。

最寄りの駅でおりると、家とは違う方向に歩き出す結花。

疑問に思いながらも、今日は結花の気が済むまで付き合おうと決めて、黙って後をついていく。

そして到着したのは——神社だった。

初詣は結花の地元に帰ったときに、二人で済ませちゃってたんだけど。

二原さんとマサとも行こうって流れになり——結花が『二回目の初詣』なんて言っていた、あのときの神社。

前に来たときは巫女《みこ》体験ってことで、白衣と緋袴《ひはかま》に着替えた結花が、巫女の所作を教えてもらってたっけな。

「遊くん、おみくじ買ってきたよー‼」

ほんの一か月前のことを懐《なつ》かしんでいたら……買ったばかりのおみくじを片手に、結花がこちらに走ってきた。

そして、じゃばら折りになってるおみくじを、俺の方に差し出す。

「ゆ、遊くん……代わりに開けて？　凶だったら怖いから〜……」

「いや、こういうのは自分で開けないと意味なくない？」

「意味なくなんかないよ！　遊くんパワーも合わさって、おみくじの威力が倍増しちゃうはずだもんっ‼」

そういうご利益《りやく》ある系の人じゃないから。どこにでもいる普通の高校生だから。

とは思うけど、まぁ……結花がそれで満足するんなら、いっか。

結花からおみくじを受け取ると、大きく深呼吸をひとつして。

俺はおそるおそる――おみくじを開けた。

「わぁ！　大吉だよ、遊くんっ‼　すごい、すごいーっ‼」

おみくじを見た途端、ぱぁっと明るい表情になった結花が、そのまま抱きついてきた。

鼻先をくすぐる髪の毛から、柑橘《かんきつ》系の匂いが溢《あふ》れる。

「……やっぱり、ここに来てよかったなぁ。ご利益あるって、思ったんだよね」

俺の胸にくっついたまま、結花が呟く。

……その体勢で喋《しゃべ》るの、やめてほしい。

結花の吐息がくすぐったくって、仕方ないから。

「そんなに信心深かったっけ、結花？」

「だって、遊くんとの結婚が家族公認になったのも、ここの神社と地元の神社のおかげじゃんよ。しかも、イベント会場にも願掛けしたから、二倍のご利益！　そして、遊くんがおみくじに触れたことで――四倍のご利益にっ!!」

「何その、ご利益方程式!?　そこまで期待されても、神様だって困るでしょ！」

結花のとんでも計算に、思わずツッコんじゃう俺。

だけど結花は、なぜかドヤ顔を浮かべる。

「そして私は、もう一人……最高の神様を知っています！　その神様は、格好良くって可《か》愛《わい》くて、いつだって私のことを大切にしてくれる――大好きな神様っ!!」

あんまり神様に使わないような、褒め言葉を並べてから。

結花はポケットに手を入れると――一通の封筒を取り出した。

とても見覚えのある、ピンク色の封筒。

とても見覚えのある、書き綴《つづ》られた文字列。

うん、間違いない。

これは――『恋する死神』が和泉ゆうなに送った、ファンレターだ。

「この神社の神様と、『恋する死神』さん……二人の神様がいるんだもんっ。こんなのもう、私のご利益、百万倍じゃんよ！」

「ならない、ならない！　ペンネームとはいえ、死神だからね⁉　バチが当たって、むしろご利益がマイナスになっちゃいそうだから……早くしまおう、結花？」

――来夢《らいむ》との一件がとどめとなって、心が「死んでしまった」俺が。

――ゆうなちゃんに「恋をした」ことで、アンデッドのように動き出した。

そんな、割とどうしようもない由来で名付けた『恋する死神』。

当然、神がかり的な力なんてあるわけないし、そもそも名前が不吉極まりない。

こんなバチ当たりな名称、ちゃんとした神様と並べ奉《たてまつ》ったら……ご利益どころか、天罰が下る可能性すらあるって。

「マイナスになんか、ならないよ」

だけど結花は、そう言いきると。

おみくじとファンレターを、左右の手に持ったまま、俺にウインクしてきた。

「『恋する死神』さんがいてくれたから、どんなに落ち込むことがあったって、また頑張るぞーって思えたし。『恋する死神』さんがいたからこそ、遊くんと出逢えたんだもん。そんな『恋する死神』さんが――死神なわけ、ないじゃんよ」

――そのとき。

一陣の強い風が、俺と結花の間を吹き抜けていった。

「……あっ！」

思わぬ強風に煽《あお》られて。

結花の右手をすっぽ抜けると、ファンレターが宙を舞った。

慌てた結花が手を伸ばす。

だけど、指先は空を切り、ファンレターは境内《けいだい》とは反対側に飛ばされていく。

それを見た俺は……反射的に駆け出した。

——ああ。

そういえば、初めて結花と出逢ったときも、こんなシチュエーションだったっけな。

『恋する死神』の送ったピンク色の封筒が、風に煽られて。

街路樹の枝先に引っ掛かっていたのを、俺が代わりに取ってあげて。

そうして俺たちは……出逢ったんだ。

「…………遊一？」

だけど。

運命の神様は気まぐれで。

望まない出逢いも——運んでくるらしい。

「えっと……これ、遊一のかな？」

そう。風に煽られたファンレターを、拾ってくれたのは——。

——俺がかつて好きだった人、野々花《ののはな》来夢だった。

# 第4話【衝撃】『死神』を巡って、俺の許嫁《いいなずけ》と昔の友達が……

第二回『八人のアリス』に、ゆうなちゃんが選ばれるよう祈願するべく、俺と結花《ゆうか》は近所の神社を訪れていた。

そこで結花が取り出したのは、俺こと、『恋する死神』からのファンレター。

――だけど、運命のいたずらのように。

ファンレターは風に煽られて……一人の少女のもとに、届いてしまった。

「……来夢《らいむ》？　なんで来夢が、ここに？」

栗毛《くりげ》色のショートボブ。少し太めの眉。

だぼっとした黄緑のスウェットの下から伸びる、ほっそりと色白な脚。

そんな昔と変わらない佇《たたず》まいのまま――野々花《ののはな》来夢は、のほほんと笑った。

「えー？　それは、こっちのセリフだなぁ。こんなところで遊一《ゆういち》と会うなんて思わないから、びっくりしちゃったよ」

動揺する俺とは正反対に、なんでもない顔の来夢。

「そもそも遊一って、神頼みとかする方だったっけ？」

「そういう来夢こそ。神頼みとか、全然しないタイプだっただろ」

「あははー。確かに普段はしないかもね。今日はちょっと、知り合いに感化されちゃってねぇ。たまには験《げん》を担《かつ》ぐのも悪くないかもなぁって思って、来たんだー」

目を細めつつ、なんだか嬉《うれ》しそうに笑うと。

来夢は手に持っていた封筒を、俺の方へ差し出してきた。

「まー、あたしのことは置いといてさ？　はい、遊一。これ、落とし物だ――」

言い掛けたところで。

来夢は初めて、封筒に書かれた送り主の名前を目にして――。

「…………『恋する死神』？」

――ぞわっと。

全身の毛が逆立つのを感じた。

だって、『恋する死神』の名前を呼ぶ来夢の声が――やけに重々しかったから。

「……この名前って？」

「あ、ああ……いわゆる、ペンネームってやつで」

いつも飄々《ひょうひょう》としていて、何が起きても動じないことの方が多い来夢だけど。

なんでだろう？

今は少しだけ――動揺しているように見える。

「ペンネーム……じゃあ、遊一の名前なんだ？」

「あ、ああ。ほら、ファンレターとかラジオへの投稿とか、そういうのってあるだろ？

そのときに使ってるのが、このペンネームで……」

「そっかぁ――誰に送るときに、使ってるの？」

「え？　えっと、あー……言いづらいけど。応援してる、声優さんっていうか……」

俺が愛してやまない、ゆうなちゃんを演じる――和泉《いずみ》ゆうなちゃんだ！

……なんて、さすがに言えないだろ。

何が悲しくて、昔フラれた相手に自分の推し語りをするんだよ。

そんなことしたら、しばらく夢でうなされちゃうって。恥ずかしさの極みすぎて。

「ゆ……ゆーくーんっ！」

そうこうしてるうちに、結花が息も絶え絶えになりながら、こちらに走ってきた。

「あ、あれ？　来夢さん？」

「……あははー。お久しぶりです、結花さん」

「え、え？　遊《ゆう》くん、どうして来夢さんと……はっ！　こ、これはまさか、うわ……!?」

「違うから！　浮気《うわき》とかじゃないから‼」

「そうだよー、結花さん。あたしがたまたま、これを拾っちゃっただけなんだぁ」

来夢はそう言うと。

俺が手に取らずにいたファンレターを——改めて、結花の方に差し出した。

ファンレターを目にした途端、ぱぁっと明るい顔になる結花。

「あ……それ！　ありがとうございます、来夢さん‼　私がドジなことして、風で飛ばされちゃって……」

「そっかぁ、結花さんのだったんだねー。そんなに大切なものだったの？」

「はい！　……とっても、大事なものなんです」

少し照れた顔をしながら、結花は手を伸ばして。

来夢の手から、ファンレターを受け取った。

「それじゃあ——遊一の応援してる声優さんって、結花さんのことなんだ？」

ビクッと、結花の手が震える。

同じく俺も、背筋が凍るのを感じた。

そんな俺と結花を交互に見ながら……来夢は淡々と続ける。

「まず、この手紙を書いたのは――遊一。自分でそう言ってたもんね。そして遊一は、手紙を送った相手のことを、『応援してる声優さん』だとも言ってた。つまり、手紙の持ち主である結花さんは――遊一の応援してる声優さん、君だ‼」

最後の最後で、来夢が声を張り上げた。

その声量に度肝を抜かれて、俺も結花も固まってしまう。

「……あはは！。ごめんごめん、ちょっとやりすぎちゃったね？」

来夢の声のトーンがすっと、普段のものに戻った。

そしてポンッと、両手を合わせると。

「名探偵役って、やったことないなーとか思ったら……つい演劇モードになっちゃった。ごめんねー、びっくりしたよね？」

「びっくりなんてもんじゃないですよ、来夢さん……心臓が飛び出すかと思いました」

「あはは！。だけど、驚いたのはこっちもだよ？　まさか結花さんが、遊一の応援してる声優さんだなんて。すごいねー、ファンと声優さんが結ばれたってことでしょ？」

「え……えへへ、まぁ……そんな感じです」

結花、結花。

だらしない顔になってる、にやけが出ちゃってるから！

そんな結花のそばで、来夢は俺の方に視線を向けると、にこっと笑った。

「取りあえず、安心してね。あたし、他人の恋愛とか秘密とか、そういうのを言いふらすのって大嫌いだから……誰にも言わないよ。中三のときのことだって、前に説明したとおりだしさ」

「あ、ああ……大丈夫。中三のときのは、俺が誤解してただけって、分かったから」

「ありがとー、遊一。本当にああいうの、嫌いだからねー……例の噂《うわさ》を流した男子にだって、ちゃんとお仕置きしたんだよ？　何とは言わないけど」

何したか言ってくれないと、余計怖いんだけど？

ニコニコしてる人が、がっつりお仕置きしてくるシーンとか、絶対やばいやつだし。

そんな風に思いつつ、俺は来夢のことをじっと見る。

――昔から、誰とでも気さくに話ができて。

ほわほわした言動が多いけど、何事もそつなくこなす。

だけど……どこか底知れないものを、感じさせる。

そういう不思議な存在なんだよな——野々花来夢っていう子は。

「だけどね……ちょっとだけ、もやっとしちゃうんだ」

——すると突然。

来夢が少しだけ語気を強めた。

そして、いつもと変わらない笑顔のまま。

来夢は結花に……言ったんだ。

「演者とファンが交際するのって——あんまり好きじゃないから」

◆

「…………え？」

来夢が放った思いがけない一言に、俺は呆《ほう》けた声を上げてしまった。

表情こそ、いつもと変わらないけど。

その語調や佇まいは——いつもと違う、研ぎ澄まされた気迫を孕《はら》んでいる。

だけど、なんでだろう？

こんな来夢、見たことないはずなのに……なんだかデジャブを感じるのは？

「ごめんね。前にも言ったけど、あたしって結構、演劇が好きなんだ。だから……そういうの、気になっちゃうんだよ。余計なお世話なんだけどね？」

「そういうの……ファンとの交際ってこと、ですか？」

「うん」

言葉を詰まらせながら、懸命に返事をしている結花。

そんな結花を見ても、いつもの笑顔を崩すことなく……来夢は続ける。

「結花さんは、声優なんだよね？　つまり、たくさんのファンが結花さんを応援してくれている。そんな結花さんが、一人のファンと親密な関係にあることって、リスクがあると思わない？」

「リスク……えっと、スキャンダルとか？」

「……そうだね、そういうこと」

そう言って、大げさに肩をすくめると。

来夢は芝居がかった調子で、持論を述べていく。

「たとえば、そうだなぁ……演者が誰かと付き合うこと。これって全然、普通のことだよね？　でも、普通の色恋沙汰ですら面白くないって思う人は――一定数いるんだよ。残念だけどね」

それは……確かに、そうかもしれない。

ある声優の熱狂的なファンが、交際スキャンダルを聞いた途端、アンチに転じたなんて――よく耳にする話だ。

「しかも、『交際相手がファンの一人でした』ってなったら。『なんでそいつだけ！』みたいに……もっと面白くないって感じる人も、多いと思う。それが原因で、結花さんが叩《たた》かれちゃうことだって、ありえる。もちろん――あくまでも可能性の話、だけどね？」

そして来夢は、再び両手をポンッと合わせて。

びっくりするほど……穏やかな声色で告げた。

「あははー。あたしなんかが、おこがましいこと言っちゃってごめんね？　だけどさ、ファンと付き合うってことは――それくらい重たいことだから。覚悟はしなきゃ駄目だと思うな、結花さん？」

「――――はい！　ありがとうございます、来夢さん‼」

そんな来夢に対して、結花はにっこりと微笑《ほほえ》むと。

ファンレターを片手に持ったまま――はっきりとした口調で言った。

「来夢さんが言ってること、とっても分かります。重く受け止めなきゃいけないっていうのも、そのとおりだなって……本当に思います」

そして結花は、右手を胸に当てる。

「私には、憧れてる先輩がいるんですけどね？　その先輩――らんむ先輩は、とっても厳しくて、誰よりも仕事にストイックで……すっごく格好いい人、なんです。らんむ先輩は仕事一筋な人なんで、きっと来夢さんと同じこと言うだろうから……なんだか、先輩に叱られた気分になっちゃいましたっ」

――ああ。そうか。

さっき感じたデジャブの正体は、それだったのか。

普段は全然違うけど。確かに、今日の来夢の雰囲気って。

どことなく――紫ノ宮《しのみや》らんむに似ている。

「……あははー。叱ったつもりはなかったんだけどなー。嫌な思いをさせちゃったんなら、ごめんね」

来夢が眉尻を下げて、申し訳なさそうに頭を下げた。

「嫌な思いなんて、とんでもないですっ！　むしろ、心配してくれてありがとうございます来夢さん‼」

ぶんぶんと両手を振ってフォローしてから。

結花はにっこりと微笑み、自分の思いを告げた。

「だけど私は……遊くんのことが、大好きで。家族のことも、友達のことも、やっぱり大好きで。応援してくれるファンの皆さんだって――もちろん大好きなんですっ」

結花の話の意図が分からないのだろう、来夢は小首を傾《かし》げる。

そんな来夢を、まっすぐ見つめ返して。

結花は、言った。

「だから……誰か一人だけ選ぶとか、どれかを諦めるとかは、できないんです。私って結構、欲張りだから。ファンの皆さんも、私の大切な人たちも――みーんな、笑顔でいてほしいからっ！　なので、ちゃんと気は引き締めますけど……ごめんなさい！　全部、大事にさせてくださいっ‼」

……その言葉を聞いて、俺は思わず笑ってしまった。

こういうとき、意外と強情なんだよね。結花って。

だけど……まぁ。そんなところも引っくるめて。

綿苗《わたなえ》結花らしい答えだなって――そう思う。

「……そっかぁ。それが結花さんの考え、なんだ？」

結花の話を黙って聞いていた来夢が、ぽつりと尋ねた。

「はい。私の考えですし……和泉ゆうなとして、叶《かな》えたい夢です。来夢さんやらんむ先輩が聞いたら、呆《あき》れちゃうんだろうなーって思いますけど」

「でも、曲げるつもりはないんでしょ？」

「はい！」

清々《すがすが》しいくらいに良い返事。

それを聞いた来夢は、ふっと表情を緩ませて――声を上げて笑い出した。

「あははー。そっかそっか。みんなに笑顔でいてほしいかぁ……結花さんらしいね」

「……なぁ、来夢。なんでそこまで、ファンとの交際を気にするんだ？」

「えー？　さっきも言ったとおり、演劇が好きだからだよ？　それがあたしのアイデンティティだもん」

唇に人差し指を当てて、軽くおどけてみせる来夢。

それから来夢は、くるっと俺たちに背を向けた。

「ごめんね、二人とも。変なこと言って」

「それは大丈夫だけど……今日はどうしたんだよ、来夢？」

「どうもしないってぇ。もー、遊一は心配性だなぁ……あたしのことはいいからさ、結花さんを大事にしないと駄目だよー？」

「──来夢さん！」

去りゆく来夢の背中に、結花が大きな声で呼び掛けた。

ぴたりと、来夢がその場で足を止める。

「来夢さん、またお喋《しゃべ》りしましょうねっ！　桃《もも》ちゃんたちと一緒に、喫茶店に遊びに行きますからっ‼」

「……あははっ！　結花さんって本当に──すごい人だなぁ」

独り言《ご》ちるように、そう言って。

来夢はゆっくりと……俺たちの方を振り返った。

「ありがとう。また会おうね、結花さん」

その表情は──いつもと変わらない、ふわふわと穏やかな笑顔だった。

# 第5話　【でるラジ】『ゆらゆら★革命』、先輩の番組でも暴れすぎ問題

「……何それ？　来夢《らいむ》がそんなこと言ってきたん？」

なんの気なしに、先日の神社での一件を話したんだけど。

隣に座ってる二原《にはら》さんが、思った以上に顔をしかめてしまった。

「なーんか……変な感じ。どーいうつもりなんだろ、来夢……」

ちなみに、俺と二原さんがいるのは——マサの部屋。

一月にも、『アリラジ特番』を聴くために集まったんだけど。

今日も今日とて、決して見逃せない重要なミッションがあるので……こうしてマサの部屋で待機してるってわけだ。

床が散らかりまくってるのが気になるけど、大事の前には些末《さまつ》なことだもんな。寛大な心で我慢しよう。

「ねー、倉井《くらい》。どう思う、来夢の話？」

「あん？　あー、そうだな……」

ＴＶ画面でサブスクの操作をしつつ、マサはだるそうな感じで答える。

「まぁ来夢って、昔からいたずら仕掛けたりとか、読めない言動を取ったりとかしてたしな。いつもどおりっちゃ、いつもどおりじゃねーか？」

「そーは言うけどさぁ。ファンと交際するのは良くないとか……なんでそんなん、いきなり結《ゆう》ちゃんに言うわけ？　この間『ライムライト』で会ったときしか、結ちゃんと面識ないのにさぁ」

「あー……言われてみりゃ、ほぼ面識がないのか。その上──遊一《ゆういち》の現在の許嫁《いいなずけ》と、昔の思い人って関係なんだもんな。もっと違う話になるよな、普通は」

「……ん？　許嫁とか思い人とか、関係なくないか？」

「分かんねぇのか、遊一……分かんねぇんだろうな、遊一！　幸せボケしちまった、お前にはなぁ‼」

よく分かんないタイミングで、テンションをぶち上げたマサ。

そして自分の太ももを叩くと、大声で言った。

「許嫁VS昔の女……そりゃあもちろん、キャットファイトだろ！　血で血を洗う、場外乱闘がはじまるんだよ普通はなぁ‼」

はじまんねーよ、普通は。

お前の脳内の治安、死ぬほど悪いな。

「……やっぱ来夢ってさ。『空気』みたいなとこ、あるよね」

隣でわーわー騒いでるマサを、完全にスルーして。

二原さんは独り言ちるように、そんなことを口にした。

いまいちピンとこない二原さんの言葉に──俺は首を傾げる。

「来夢が、空気って……むしろ逆じゃない？　誰とでも気さくに話せるし、どのグループと一緒にいても溶け込んでるし、どう見てもコミュニケーション強者でしょ。空気みたいって言うのは、俺みたいなタイプのことだと思うけど……」

「あー、違う違う！　存在感が薄い的な意味じゃなくって……ふわふわ掴《つか》みどころがない系の、『空気』な存在ってこと。どこにいても違和感ないし、どこにいても馴染《なじ》んでるけどさ──来夢自身が何考えてるとか、あんま分かんなくない？」

……ああ。

そういう意味だったら、二原さんの言うことも理解できる。

確かに中学の頃、俺は来夢とよく話してたし、みんなで集まって遊んだりすることも多かった。

そのどんなときも、来夢はニコニコしながら、場に馴染んでいたっけ。

──だけど。

二原さんは陽キャなギャルみたいな雰囲気なのに、実は特撮ガチ勢で、めちゃくちゃ友達思いな性格なんだとか。

マサは馬鹿なことばっかり言うし、変なテンションになりがちだけど、意外に男気があるんだよなとか。

そんな感じの、深いところまでは――俺は野々花《ののはな》来夢を知らない。

「……確かに、二原さんの言うとおりかもな。今まで気にしてなかったけど、来夢の本音なんて、聞いたことないかもしれない」

「……そだね。うちも来夢と、それなりに話してたけどさ……本音を話してくれたなーって思ったんは、一回だけだよ。佐方《さかた》をフッた後、これからどう佐方と接したらいいんだろって相談してきた――あのときだけ」

俺たちは誰も、来夢の本音を知らない。

そう考えると、むしろ――『恋する死神』のファンレターを前にした、あの普段と違った来夢こそが。

もしかしたら一番……本当の来夢に、近かったりするのかもしれない。

「ったく、これから大事な時間だっつーのに、しけた顔してんじゃねーっての！」

バシンッと、割と大きめの音が響き渡ったのと同時に……背中がヒリヒリと痛み出す。

俺は背中をさすりつつ、急に攻撃してきやがった相手を睨《にら》む。

「痛いだろーが、マサ」

「知らねーよ。お前も二原も、何しにうちに来たんだよ？　放送開始前に、しんみりした空気にしてんじゃねぇよ」

「……そーだね。ごめん、倉井っ！」

二原さんはパシンッと両手を合わせると、すぐにテンションを切り替えた。

一方のマサは、やたらと格好を付けて、キザっぽい笑みを浮かべてやがる。

「フラれた女のことより、今の許嫁のことを語れよ。遊一」

「……なに名言っぽいこと言ってんの？　名言ってのは、名言にしようとした瞬間に失格だぜ？」

「やめろよ、お前⁉　人のセリフを弄《いじ》るのは反則だろ‼」

痛いところをツッコまれたからか、マサが声を荒らげている。

こんなやり取りも――なんだかいつもどおりで、安心するな。

「しかしよ……綿苗《わたなえ》さんって、すげぇよな。聞いててなんか、スカッとしたぜ」

「来夢の意見の方が一理あるって思う人も、少なくないだろうけどな」

「まぁな。ただ、俺としてはよ……声優だって人間じゃねーかって、思うんだよな。好きな人がいたり、付き合ってたりしたから、なんだってんだよ？　俺たちファンはいつだって、死ぬほどたくさんの幸せをもらってんだぜ？　それこそ、誰かと付き合ってた程度じゃあ――チャラにできないくらい」

それに……と。

マサは少し照れくさそうに、俺から目を逸《そ》らすと。

咳払《せきばら》いをしてから、言ったんだ。

「誰か好きな人がいたとしても。ファンの前では一生懸命で、ファンのことを大事に思ってくれてるんなら――十分、神対応だろ」

◆

というわけで……気を取り直して。

俺とマサと二原さんは、高まる気持ちを抑えつつ、ＴＶの前で正座待機していた。

すると、画面が切り替わり――生配信が開始する。

「『掘田《ほった》でるラジオ　掘ったりほっといたり！』――はいはーい。皆さん、でるにちはー。パーソナリティの掘田でるでーす。いやぁ、最近なんか寒すぎない？　おかげで、コタツから出られない生活をしてるんだけどさぁ――」

画面に映ったのは、うちの許嫁がご迷惑ばかりお掛けしている声優・掘田でる。

そしてこれは、彼女の冠番組『掘田でるラジオ　掘ったりほっといたり！』――通称『でるラジ』だ。

月一回の生配信、しかも動画付き。

小動物的な可愛《かわい》さに定評のある掘田でるが、痛快な切り口でトークを繰り広げていくスタイルの番組で、掘田でるファンからは神番組と評されている……らしい。

俺は初見なので、あくまでもSNS情報だけど。

「既にご存じかもですが。『でる』役として出演してる『ラブアイドルドリーム！　アリスステージ☆』内で――わたし、掘田でるは！　『ゆらゆら★革命　ｗｉｔｈ　油《ゆー》』というユニットに、参加が決定しましたぁ‼　いえーい」

自分の冠番組だからか、『アリラジ』のときよりもリラックスしてる感じだなぁ、掘田でる。

だけど、まぁ……ここからが本当の地獄、なんだろうけど。

「今日はそんなユニットのメンバーが、ゲストに来てくれてまーす！　じゃ、二人とも。入ってきてー」

「ええ――皆さん、でるにちは。紫ノ宮《しのみや》らんむです」

「み、皆さん‼　こんにちアリ――――」

言い終わるより先に、紫ノ宮らんむがパッと、和泉《いずみ》ゆうなの口元を塞いだ。

「ゆうな。それは他ラジオの挨拶よ」

「ご、ごめんなさいっ！　私ってば、緊張しすぎて、間違えそうになっちゃって……」

「油断しすぎよ。もしも貴方《あなた》が、最後まで言いきっていたとしたら――どんな事態が起きていたと思う？」

「え？　えーと……掘田さんに、お仕置きされてた……？」

「……それも正解ね。苛烈なお仕置きが、待っていたことでしょう」

「おい⁉　人聞きが悪いでしょーが‼　人の番組に遊びに来て、いわれのない風評被害を広めんじゃないわよ！」

「改めまして、でるにちは！　和泉ゆうなですっ‼」

「人の話、聞いてる⁉」

……どうしよう。思ったより超高速で、『でるラジ』が和泉ゆうな&紫ノ宮らんむワールドに侵食されていく……。

「はい、じゃあ話を戻すけど——三人でユニットを組むことになったわけじゃん？　わたし、こんなに練習量が半端《はんぱ》ないユニット、初めて見たわけよ。それだけいいものに仕上がるだろうって、自負もしてるけど……まーじーで、きつい！」

「そうですか？　私としてはまだ、準備体操レベルでしかないと認識していましたが」

「恐ろしいこと言うわね、らんむ……ゆうなちゃんは、どうよ？」

「えっと……最近ちょっと、やる気がアップするような出来事があったんですっ！　だから私は、めちゃくちゃ頑張りたいです！　増やしましょう、練習‼」

「良い意気込みね、ゆうな。それじゃあ明日から——三倍多い練習で、どうかしら？」

「ざゃー⁉　あんたら実は、めっちゃ仲良しでしょ⁉　わたしだけ心身がすり減らされていくの、おかしいでしょーよ！」

掘田でるには今度、何かおいしいお菓子でも贈らせてもらおう。マジで。

まぁ……こんな感じで。

和泉ゆうなが天然なトークを展開して。

紫ノ宮らんむが別ベクトルの妙な話をぶっ込んで。

掘田でるが全力でツッコミを入れるという――いつもどおりなバランスで、『でるラジ』は愉快に進行していく。

「じゃあ、次のコーナーに行きまーす……『掘ったら出るのは、なーに？』！」

掘田でるがコーナー名を読み上げたところで、俺はちらっと横を見る。

二原さんはTVに向かって前のめりになりながら、真剣な表情で結花《ゆうか》を見守っていた。

さすがは結花の一番の友達。なんだか見ていて、微笑《ほほえ》ましい気持ちになる。

一方のマサは――「ふぅ、らんむ様……最高だぜぇ……」なんて、ぶつぶつ呟《つぶや》きながらニヤニヤ笑ってる。

さすがは俺の一番の友達。なんだか見ていて、どうしようもない気持ちになる。

「掘田さん。この箱って、なんですか？」

「この箱の中にはね、お題の書かれた紙が入ってんの。わたしが一枚引いたら、そのテーマについて三人で掘り下げていって、どんな零《こぼ》れ話が出てくるかな？　……っていうのをお届けしていくコーナーになりまーす」

「なるほど、大体分かったわ。まぁ、どんなテーマが出てこようと――私はいつだって、全力で応えていくだけよ」

「重すぎるって、エピソードトークへの意気込みが……まー、いっか。んじゃ引きまーす――『初恋』！　はい、わたしの番組、おわったー‼」

掘田でるのリアクション速度が、もはや芸人の域に達してる。声優なのに。

とはいえ――嘆きたくなる気持ちは分かる。

だってゲストが、和泉ゆうなと紫ノ宮らんむなんだぜ？

『初恋』なんてテーマ、大ごとになるに決まってるじゃん。

『でるラジ』スタッフは、ギリギリを攻めすぎっていうか……もう少し、掘田でるに優しくしてあげてほしい。

「はいっ！　はいはーい‼　私、私が最初に答えたいでーすっ！」

「わたしの初恋は六歳のときでさ、相手が幼稚園の先生だったの。今はそーでもないんだけど、小さい頃はなんか年上好きで」

「はいはいはーいっ！　私の初恋は、結構最近ですねっ‼　そして相手は」

「子どもの頃に見たら！　先生ってめっちゃ大人って感じなかった、感じたよね⁉　自分が大人になると、大人の中身って意外と子どもだよなーって、思ったけどね‼」

「大人みたいに、すっごく格好いいーって感じるところと！　子どもみたいで、きゃー可愛いー食べちゃいたいーって思うところが‼　どっちもあるんです、私の大好きな」

「はい、以上！　『掘ったら出るのは、なーに？』――のコーナーでした‼」

「待ってくださいよ！　まだ『弟』の話、できてないんですけどっ‼」

おそろしいほど巻いて喋《しゃべ》ることによって、和泉ゆうなに話す隙を与えない。

なるほど、これが掘田でる流の危機回避テクニックか。声優ってすげーな。

……本当にごめんなさい、うちの許嫁《いいなずけ》が。


「――私にとっての初恋は。声優になる以前の私の、墓標なのかもしれません」


そんな、わちゃわちゃしている二人を尻目に。

紫ノ宮らんむが、ゆっくりと……口を開いた。

「……墓標？　らんむ、どういうこと？」

「私は器用ではないので……何かを極めようとするときに、他のすべてを捨てる生き方しかできない。だから、『演技』を極めると誓ったときから――私が恋をしているのも、愛しているのも、『演技』だけになりました」

和泉ゆうなのとんでも『弟』トークから打って変わった、シリアスすぎる空気に、スタジオが水を打ったように静まり返る。

「だから初恋は……私の墓標です。声優になる以前、無邪気な好意を誰かに抱いて、無垢《むく》な幸せに胸を熱くしていた――そんな私が、初恋の場所に眠っている気がするから」

「……今でもいますよ、きっと」

重い覚悟の乗った、紫ノ宮らんむの言葉に対して。

和泉ゆうなは、柔らかな笑みを浮かべながら――言った。

「辛《つら》かった思い出とか、後悔してた気持ちとか、そういうのは時間と一緒に……少しずつ消えていくかもだけど。成長して、自分が変わっていくっていうのは――過去の自分が、消えてなくなることじゃないから。だから、きっと……今でも心のどこかに、いると思いますよ？　無邪気で無垢だった頃の、小さならんむ先輩が」

紫ノ宮らんむは表情を変えることなく……ただ黙って、和泉ゆうなの言葉を聞いていた。

そんな、二人の顔を交互に見てから。

掘田でるは、先輩らしい感じで――言ったんだ。

「……ま、二人ともまだ若いんだし。色んなことに悩みながら、自分らしく頑張ればいいんじゃない？　それで――最後に笑っていられたら、それが正解でしょ。多分ね」

『即興でるでる三十秒』！　今日の三つのお題は――『石油王　美少女　お風呂《ふろ》』。

むず……えっと。石油王になりたいよね、みんな⁉　石油王になったら、そりゃあとんでもないお金が舞い込んできて、家は建てられる、好きなもの食べられる、働かなくてよし！　いいこと尽くめだよね？　それじゃあ、どうすれば石油王になれるか……それは、石油の美少女を手に入れること！　石油の美少女ってのは……あれよ、動物が美少女になってレースしたり、刀が美少年になって踊り乱れたり、そういう……擬人化！　そう、石油の擬人化‼　ある日、石油が美少女になって、あなたの前に現れました。そして彼女がお風呂に入ると、あら不思議――なんと、お風呂が石油でいっぱいに‼　そうしてあなたは、石油王になりました。やったね‼

……はい！　それじゃあゲスト二人に、それぞれ十点満点で点数を付けてもらいます。

合計は――九点⁉　ひっくく‼

ゆうなちゃん八点ね、ありがとう……で？　らんむ、一点ってどーいうことよ‼

……どうして石油が美少女になったのか、そのディテールが描かれてないから？

即興三十秒の喋りで、そこまで盛り込めるかぁ‼


――『掘田でるラジオ　掘ったりほっといたり！』。

◆

そんなこんなで、『でるラジ』の生配信が終了して。

俺たち三人は、放心したようにマサの部屋に座り込んでいた。

「……てか、今日の結ちゃん、めっちゃ天使じゃなかった⁉　やば可愛《かわい》すぎて、死ぬかと思った‼」

「今日のらんむ様……いつにも増して美しかったぜ。初恋は墓標か……すげぇな、あのストイックさ。俺もらんむ様を、墓標にすっかな……」

人を墓標にするのは、迷惑だからやめとけ。マジで。

――ブルブルッ♪


ある意味、お約束なタイミングで……俺のスマホに、結花からの着信が入った。

俺は通話ボタンを押して、スマホを耳に当てる。

「もしもし、結花？　まだ楽屋とかじゃな――」

『きーいーたーなー？　遊《ゆう》くんのー……ばーかっ！』

「理不尽だな⁉　いつもと違って、今日は結花が視聴してって頼んできたんでしょ！　先輩の冠番組に出るから、再生数上げて応援してほしいって‼」

『そーうーでーすーよー？　遊くんのー……ばーかっ！　ばーか、ばか。えへへっ』

明らかにかまってちゃん全開な感じで、そんなことを言ってくる結花。

そうやって、満足するまで俺と通話してから。

最後に結花は……ぽつりと呟いた。

『……ふへへっ。だってね？　この流れが、私たち夫婦の――お約束じゃんよ。お約束は守った方が、絶対楽しいもんねーだっ！　遊くーん……すーきっ☆』

# ★太陽と月は、それぞれに輝く★

「……それじゃあお先に、失礼します」

厚手のコートを羽織り、ハット状の帽子を目深《まぶか》に被《かぶ》り。

私――紫ノ宮《しのみや》らんむは、楽屋の椅子から立ち上がった。

「あ、らんむ。ゆうなちゃんも……たまには三人でご飯食べてかない？　先輩らしく、わたしが奢《おご》るからさ」

「わっ！　ほんとですか、掘田《ほった》さん‼　行きたいですっ、三人でご飯！」

掘田さんが食事に誘っただけで、やたらとハイテンションになっているゆうな。

相変わらず無邪気というか、純粋な子だなと思う。

だからこそ――今日は少し、距離を置かせてほしい。

「すみません。今日は遠慮しておきます……また、違う機会にでも」

二人と別れて、私はスタジオを後にする。

外に出ると、二月の空気は冷たくて、いっそ痛いとすら感じるほどだった。

――昨日の自分は、どうかしていたな。

ゆうなと話した流れで、柄にもなくお参りでもしてみようかと訪れた、近所の神社。

そこで私は、なんの運命のいたずらか――遊一《ゆういち》とゆうなに会った。

もちろん、驚きはした。

けれど、その程度で『来夢《らいむ》』の演技を崩すような私ではない。

当たり障《さわ》りのないやり取りをしたら、その場を去ろう……そう思っていたんだ。

――ファンレターに書かれた、『恋する死神』の名前を見るまでは。

「演者とファンが交際するのって――あんまり好きじゃないから、か。我ながら……なかなかに最低な発言よね」

敢《あ》えて声に出してみると、あまりの失態具合に、笑えてすらくる。

あの瞬間――私は確かに、演技を乱した。

いつもニコニコと愛想《あいそ》が良くて、誰とでも穏やかに接する――そんな『来夢』の仮面がわずかに外れて、私が顔を覗《のぞ》かせてしまった。

演技で頂点を目指すなどと言っておきながら、自身の未熟さが恥ずかしい。

その上、吐き出した言葉がこれなのだから……まったくもって愚かなことだ。

「……告白を断った女が、今の恋人との関係に口出しをするなんて、遊一からすれば不愉快極まりないことだわ。まったくもって、私は――悪い女ね」

――沖縄公演のときも、後からこうして反省したんだったな。

一目見ようと近づいた、ゆうなの『弟』が、遊一なのだと分かって。

私はつい……紫ノ宮らんむとして、遊一に話し掛けてしまった。

遊一が元気でいることが。

遊一がゆうなという大切な存在に出逢《であ》えていたことが。

嬉《うれ》しかったからなんて……実に軽率な理由で。

――分かっているのに。

中三の頃、遊一の気持ちに応えられなくて。

結果的にクラス中に噂《うわさ》が広まってしまい、遊一の心を深く傷つけた。

そんな自分は、もう二度と――遊一に近づくべきじゃ、ないんだということは。

「遊一、貴方《あなた》が……『恋する死神』でさえなければ、良かったのに」

身勝手なのは承知している。だけど、どうしても吐き出さずにはいられなかった。

遊一にはもう傷つかないで、幸せになってほしい。

この思いは本当だし、ゆうなという大切な存在ができたのなら、それは喜ばしいことだと思っていた。

だけど、私はどうしても――和泉《いずみ》ゆうなの今後を、考えてしまうんだ。

和泉ゆうなは、天然なのか突拍子もない発言が多くて。

思い立ったときには、平気で無茶な行動を起こしてしまうところもあって。

本当に手の掛かる後輩だ。

だけど……同時に、眩《まばゆ》いばかりの魅力も持っていると思う。

だからこそ、私は彼女に……声優とファンの恋愛なんて、危険な橋を渡ってほしくない。

独善的だとは、理解しているけれど。

――野々花《ののはな》来夢は、人に自分の夢を語ることが苦手だった。

中学生になって演劇部に入ってから、「芝居や歌で幸せを届けたい」という夢は、どんどん膨らんでいった。

けれど、野々花来夢は……それを隠した。

叶《かな》えたい夢を語ったとき。

誰かはそれを嘲笑《あざわら》う。誰かはその道に反対する。誰かはその希望を否定する。

それが嫌だった。そんな世界が不快だった。

そうして、本音を晒《さら》して生きることから逃げた、弱いだけの私は……現実でも演技をするようになった。

――『来夢』という、仮面をかぶったんだ。

それからの私は、いつもニコニコして過ごすようになった。

誰とでも自然に話して、すぐに打ち解けられるし。

どんなグループと一緒にいても、その場の空気に調和して過ごせる。

ふわふわした雰囲気の、コミュニケーション上手な女の子……そういう『演技』をしながら、私は日々を生きてきた。

誰とも夢を共有することなく、一人で黙々と努力するだけの毎日。

そんな私の心を唯一救ってくれたのは――『トップに立つということは、自分のすべてを捨てる覚悟を持ち、人生のすべてを捧《ささ》げること』という、真伽《まとぎ》ケイの言葉だった。

そうして、孤独に研鑽《けんさん》を続けていた紫ノ宮らんむは。

あるとき——和泉ゆうなに出逢った。

「は、ははは初めまして！　よろ、よりゅしくお願いしますっ‼」

「……そんなに緊張しなくても、大丈夫よ」

初対面のときは、なんて落ち着きのない子なんだろうって思った。

「えっと、らんむ先輩はどんなお菓子が好きですかっ⁉　ちなみに私はパフェですっ！」

「……パフェって、お菓子に入るの？」

なんて自然体な子なんだろうとも思った。

私のように、演技で固めてなんかいなくて……すべてが本気で、すべてが素直なこの子の気持ちなんだなって思った。

——和泉ゆうなは、私とは違う。

最初に出逢ったときから、今に至るまで、この考えが変わったことはない。

けれど、ゆうなを知っていく中で——彼女なりの輝き方があることも、分かったんだ。

いくつもの夢があって。いくつも大事にしているものがあって。

だけど、何ひとつ諦めたりしないで——全部の夢を叶えようと努力する、和泉ゆうな。

ひとつの夢を追い求めて。自分がどんな犠牲を払うことも厭《いと》わなくて。
唯《ただ》ひとつの夢だけは、誰にも負けないと誓い——全力で輝こうとする、紫ノ宮らんむ。
和泉ゆうなは、紫ノ宮らんむとは違う。
たとえるなら、そう……太陽と月のように。
輝き方も、目指すものも、まるで異なっている。
けれど——太陽が月になれないように、月が太陽になれないように。
自分には真似《まね》できない、和泉ゆうなという光もあるのだと思う。
だからこそ、私は柄にもなく——。
私は——和泉ゆうなという後輩を、とても大事に思ってしまうのだろう。

◆

「…………？」

感傷に耽《ふけ》りながら、夜道を急いでいたところ。

私はふいに、誰かの視線を感じて——大通りから路地裏へと方向を転換した。

そして、早足に路地裏の奥へと移動して、身を潜める。

——バタバタバタッ！

数秒遅れて、誰かが相当な勢いで走っていく音が聞こえた。

「……まったく。タイムリーなことね」

ひとけのない路地裏に佇《たたず》んだまま、私は——紫ノ宮らんむは、自嘲的に笑った。

果たして今のがマスコミだったのか、はたまた無関係な不審者だったのか、定《さだ》かではないけれど。

ゆうなのスキャンダルを心配しておきながら、自分がこんなリスクに見舞われているようでは、世話がないな。

だけど、まぁ……仕方のないことだ。

こうしたリスクを背負うのは、高みを目指す上での代償だと思うから。

それが、私自身が選んだ——生き方なのだから。

# 第６話　ギャルと二人で出掛けたところ、許嫁《いいなずけ》がとんでもない行動に……

二月十二日、土曜日。

十四日のバレンタインデー＆結花《ゆうか》の誕生日まで、残すところあと二日という、このタイミングで。

俺は一人――ショッピングモールの入り口付近に立っていた。

土曜日のショッピングモールなので当然、人混みは結構なもの。

子ども連れの家族やら、カップルらしき人たちやら、色んなお客さんがそばを通り過ぎていくのを横目に……俺は壁に背中を預けたまま、ぽちぽちスマホを操作する。

『ってか兄さん、ちゃんと結花ちゃんの誕生日プレゼント買ったわけ？』

『ちょうど今、それを買いに来てんだよ』

『あっそ。で？　何買う気？』

『検討中。ちなみに那由《なゆ》は、何がいいと思う？』

『お金。ただし、一生遊んで暮らせるレベルに限る』

『……他には？』

『は？　じゃあ犬とか。従順な犬……もちろん、兄さんが犬になるんだけど』

まるで参考にならなかった。

まぁいいけど……最初から、那由がまっとうなアドバイスをくれるなんて、微塵《みじん》も思ってなかったし。

結花と同棲《どうせい》をはじめて、かれこれ十か月。

これまでだってプレゼントを渡す機会は何度もあったし、そのたびに自分なりのチョイスをしてきた。

だけど——結花のお父さんに、面と向かって結婚の話を切り出して。

これまで以上に、結花との距離が縮まったタイミングでの誕生日だ。

そんな大事な局面でのプレゼントを……女性経験に乏しい俺が、果たして外さずに選べるだろうか？

いーや、怪しいね。

というわけで、今日は——アドバイザーに同行をお願いしている。

そろそろ来る頃だと思うけど……。

「——やっほぉ！　さっかたぁ‼」

名前を呼ばれて、俺はパッと顔を上げた。

ブンブンと両手を振りながら、こっちに走ってくるのは――陽キャなギャルこと、二原《にはら》桃乃《ももの》。

こんな寒さにもかかわらず、膝上のミニスカートを穿《は》いて。

それとは対照的に、上にはファー付きの厚手のコートを羽織ってる。

上下の寒暖差がえげつないな。

なんて思いつつ、駆け寄ってくる二原さんを見ていたら……黒いショルダーバッグにでかでかと、『dB《デシベル》』ってロゴが入ってることに気が付いた。

「お待たせー。ってか、めっちゃじろじろ見るじゃんー。なにさ、桃乃様のおしゃれJKファッションに、目を奪われちゃったん？」

「どっちかって言うとdBファッションでしょ……そのバッグ、『仮面ランナーボイスdB』のロゴ入ってるし」

「おっ、佐方《さかた》やるねぇー。そーそー、このバッグはコラボカフェに行ったときに買ったグッズ！　んで、この服装はねぇ、新キャラ――仮面ランナーコンサートに変身するJKをイメージしてんの！　まだ名前も不明な、あの謎の新キャラね‼」

あー……なるほど。確かに、女子高生で仮面ランナーなんて、二原さんが絶対に真似したくなるタイプの新キャラだしな。

相変わらずこのギャル、特撮ガチ勢が過ぎる。

「ま、それは置いといてぇ……今日は第二夫人のうちとぉ、ラブラブデートにぃ、行くんだよねー？」

「違うな⁉　そんな主旨で呼んだつもりはないよ‼」

「えー、つれないなぁ……ほら。いいおっぱい、ありますよん？」

そう言って二原さんは、自分の胸を摑《つか》んで寄せてみせる。

むにゅううう……っと、とんでもないことが起きる胸。

きっと何本か、脳のシナプスが弾《はじ》け飛んだぜ——なんて恐ろしい攻撃なんだ！

「……って、マジでやめて？　誰かに見られたら、人生が詰む系のいたずらは……」

「あはははっ！　佐方ってばウケるなぁ。ごめんごめん、ちゃんとするってぇ……結《ゆう》ちゃんの誕生日プレゼント選びを、アドバイスすりゃあいいんでしょ？」

正直、二原さんを呼んだら、こんな感じになるとは思ってた。

だけど——他に頼りになりそうな人が、俺の周りにいないんだもの。

**那田　↓　論外**

**勇海《いさみ》　↓　論外**

**鉢川《はちかわ》さん　↓　百パーセント、妬みで怒る**

**マサ　↓　女子の欲しいものが分からない**

……やっぱり消去法で、二原さんしかないんだよな。あくまでも消去法だけど。

「取りあえずさ。一定のソーシャルディスタンスを保って、まるで今日初めて出会った赤の他人くらいのテンションで、プレゼントをアドバイスしてくれないかな？」

「無理っしょ!? 怖いじゃん、突然アドバイスしてくる赤の他人とか！」

「じゃあ、少し離れた距離から、電話で俺にアドバイスを……」

「もー、佐方ってばさぁ。要はあれっしょ？　うちと佐方が、二人っきりで秘密のデートをしてたって、結ちゃんに誤解されたくない的な」

「……まぁ、そうだね。マンガのベタな展開だと、ばったり彼女に見つかるとか、たまたま見てた第三者が勘違い情報を伝えちゃうとか、あるでしょ？　そういうので、結花に嫌な思いをさせたくないから……」

「んじゃ、最初から結ちゃんに事情を伝えりゃよかったんじゃん？」

…………確かに。

プレゼントといえばサプライズという思いが先行しすぎて、そこまで頭が回らなかったよ正直。

自分の気の利《き》かなさに、ちょっとだけ落ち込む。

「──ふっふっふっ。お困りのようだね、そこの人？」

そんな俺を見て、何を思ったのか……二原さんはドヤ顔になった。

「えっと……急に笑い出して、なに？」

「まぁね、こんなこともあろうかと思ってね？　スーパーヒーロー桃乃様は……あらかじめ、手を回しておいたのさ！」

二原さんは、得意げにそう言うと──後ろの木陰の方に向かって、手を広げた。

そこには。

ニット帽にサングラス。そして、膝あたりまであるロングコートを羽織った……結花がいた。

……………ん？　結花⁉

「結ちゃんが後から焼きもちを焼かずに済むように……今日の流れは、うちから説明済み！　だから、ふつーに一緒に買い物しても、だいじょーぶっ！　なんたって結ちゃんは、後ろからずっと見てっからね‼」

「いやいや！　主旨と違うよね、それ⁉　もうサプライズでもなんでもないな⁉」

そのタイミングでブルブルッと、俺のスマホが振動した。

スマホを手に取ると、そこには結花からのＲＩＮＥメッセージが。

『結花ちゃんは、なんにも知りませーん。あれー、今日は遊《ゆう》くん、どこ行っちゃったんだろー？　ショッピングモールかなぁ、違うかなぁ。分かんないなー？』

――こうして。

俺・結花・二原さんによる、サプライズという名の……普通の買い物がはじまった。

なんという茶番。

◆

「ねぇねぇ、佐方ぁ！　これとかどーよ、『DXハナサカバズーカ』‼」

「二原さんが欲しいだけでしょ、それ！」

「違うっての！　『DXハナサカバズーカ』なら、うちはもう持ってるし‼」

ショッピングモールに来て、俺は二原さんと一緒に、結花へのプレゼントを探してるんだけど。

おもちゃ屋を見つけた二原さんが、我慢できずに立ち寄っちゃって……今に至る。

――ブルブルッ♪

RINEメッセージを受信して、スマホが振動した。

『結花ちゃんは、なんにも知らないけどー……おもちゃ屋さんに長くいるのは、良くないかも！　むーの波動を感じるよっ‼』

……………なんだよ、むーの波動って。

振り返ると、少し離れた棚のあたりに、変装もどきをした結花が立っていた。

なんか頰を膨らませて、「むー」って顔してる。そういう意味か、むーの波動。

「ほら、二原さん。ここには多分、結花の欲しいものとかないし……どっちかといえば、俺たちが二人ではしゃいでる構図に見えるだろうから。次の店に行こう？」

「あ、おっけぃ！　特撮成分を補給したかんね――ここからは、強化フォーム桃乃様でお届けするねぇ‼」

機嫌良さげにそう言うと、二原さんは俺の手を軽く握って、歩き出した。

「んじゃ、そーねぇ……さっき見掛けたアクセショップとか、どーよ？」

「あ、うん、見てみよ――」

「よっし！　それじゃあ、張り切っていこー‼」

そうして、二原さんに手を引かれながら歩いている間にも、結花からＲＩＮＥが何度も送られてくる。

『私、なんも知らないけどね⁉　人との距離感って、大事だと思うんだよね‼』

その先の俺たちは——まさにカオスだった。

たとえば、アクセサリーショップ。

「ちょい待って、佐方！　これ、めっちゃ可愛《かわい》くねっ⁉」

俺を呼び止めるために、当たり前のように腕を絡《から》めてくる二原さん。

「二原さん、距離が近い！　距離が近いから‼」

「えー、そう？　とりま、ネックレス見てよね。ほれ、こんな感じっ！」

ネックレスを胸元に当てて、身につけたときのイメージを伝えようとしてくれてるんだろうけど。

それだとどうしても……俺の視線が胸に向いちゃうから、やめてほしい。

「うにゃあ！　むね……むにゃあ‼」

店内の少し離れたところから、猫みたいな結花の叫び声が聞こえてくる。

結花の胸の恨みは恐ろしいからな……俺は強引に、二原さんを連れて店を後にした。

たとえば、洋服店。

「これとかぜーったい、結ちゃん着たら似合うっしょ！　あ、でも、こっちも似合いそうだなぁ……ねぇねぇ、佐方。どっちがいいと思う？」

「え⁉　ど、どうだろ？　ファッションセンスとか皆無だから、服だけ見てもいまいちピンとこな――」

「おっけぃ！　んじゃ、任せて‼」

言うが早いか、二原さんは目当ての品を持って、試着室に入っていった。

しばらくして、カーテンが開く。

二原さんが身に纏《まと》っているのは、白いブラウスだった。

ただし――尋常じゃなくパツパツの。

「ぶっ⁉　何とんでもない格好してんの⁉」

「いや、思ったより胸がきつくってさぁ……早く脱がないと、ボタン取れちゃいそう」

その言葉どおり、二原さんの胸に突き上げられたブラウスのボタンは、完全に悲鳴を上げている状態だった。

しかも、二原さんの身体《からだ》に密着してる生地からは……なんか黒いブラジャー的なものが、透けてるし。

「……ごほん。ごほんごほんっ！　ごほごほごほん‼　ごほごほごっ‼」

店内の少し離れたところから、やたらリズミカルな咳払《せきばら》いが聞こえてくる。

結花の胸の恨みは恐ろしいからな……俺は強引に、二原さんを試着室に押し戻した。

そして極めつきは——ランジェリーショップ。

「……って、なんでランジェリーショップなの⁉　分かったぞ！　二原さんは、実は悪の組織のスパイで、俺を社会的に殺そうとしてるんだな⁉」

「違うってーの。佐方のことが大好きな結ちゃんだかんね……佐方の好きな下着とか買ったら、喜ぶかもじゃんよ？　じゃんじゃんよ♪」

ノリノリにそう言って、二原さんは俺の背中を押して——ランジェリーショップに入店させようとする。

やめろぉ⁉　死にたくない！　死にたくなぁぁぁい‼

「——だ、だめぇぇぇぇ‼」

ランジェリーショップの前で、不審すぎるけど、じたばたと抵抗していたら。

サングラスとニット帽の不審者が、勢いよく駆け寄ってきた。

そして——サングラスを外して、ニット帽を脱ぐと。

結花がむーっとした顔のまま……俺のことを抱き締めてきた。

「サプライズは中止ー！　桃《もも》ちゃんといちゃいちゃしたら、だめーっ‼　遊くんは私と一緒に買い物して、私といちゃいちゃすればいーの！　もぉぉ……遊くんのばーか‼」

◆

二月十二日、土曜日。

十四日のバレンタインデー＆結花の誕生日を前にして、サプライズでプレゼントを用意しようと画策した俺は。

最終的になぜか――結花と二人で、ショッピングモールを歩いていた。

「あのさ、結花……いい加減、離れよっか？」

二原さんが帰ってから、もう三十分くらいは経《た》つと思うんだけど。

結花はというと、俺の腕にギューッと抱きついたまま、離れようとしない。

「へっ！　桃ちゃんとは、あーんなにくっついてたのに？　私とは、もう離れちゃうんですかー？　何が違うんですかねぇー、胸囲の格差ですかねぇー」

「やっぱり恨んでたか……だから、さっきの状況はね？　ギャル特有の距離感のバグり方が生んだもので、決して俺が好きでやったことじゃないんだってば」

拗《す》ね拗ねモードに入ってる結花に、俺は懇々と説明する。

だけど結花は、たいそう不満げに唇を尖《とが》らせて。

「へぇぇぇぇ……じゃあ、質問ですっ。遊くんは、ほんのちょびーっとでも、桃ちゃんの胸に不埒《ふらち》な感情を持たなかったんですかー？　神に誓えるんですかー？」

「……………誓え、ます」

「今の間！　ぜーったい嘘《うそ》じゃんよ‼　遊くんのばーか！　おっぱい星人‼」

そうやって、駄々っ子みたいに騒いでから。

結花はちょっとだけ背伸びをして——俺の耳元に顔を寄せると。

囁《ささや》くように、言ったんだ。

「……もうすぐ、誕生日だから。成長すると思うし。だから……えっと。遊くん好みの大きさになるまで——ちょっとだけ、待っててね？」

……するいでしょ。サプライズで、そんな可愛い攻撃しかけてくるの。

まったく、結花ってば。

そもそも、今のままだって——結花が誰より魅力的だと、思ってるってのに。

# 第7話　なぜか許嫁《いいなずけ》が、絶対に俺をキッチンに入れてくれないんだが

二月十三日、日曜日。

時刻はもうすぐ、二十一時になろうとしている。

いよいよ明日は、バレンタインデー&結花《ゆうか》の誕生日。

結花へのサプライズプレゼント準備計画は……まぁ、散々な結果に終わったけど。

なんたって、結花の誕生日を初めてお祝いするんだから——喜んでもらえるように頑張らなきゃな。

よーし。明日に備えて、今日は早めに寝よう。

——というわけで。

俺は最後に水を一杯飲もうと、キッチンの方へと向かった。

「きゃー‼　遊《ゆう》くんのえっちー‼」

……ただ、それだけだったのに。

キッチンに入る直前のところで、俺はいわれのない罪をかぶせられた。

そんな、とんでも濡《ぬ》れ衣《ぎぬ》を着せてきたのは、もちろん結花。

その上、なぜか俺をキッチンから押し戻そうと、肩のあたりを押してくるし。

「……さすがに冤罪《えんざい》がすぎると思うんだけど。結花はどう思う？」

「えっちですっ！　おとなしく立ち退きましょうっ‼」

「水が飲みたいんですが……」

「じゃあ、私が廊下まで持っていくから！　遊くんはー、どうかー、廊下にー、ご移動ください——」

俺の肩をぐいぐいっと押しながら、結花は強硬にそう主張し続ける。

……今日はやたら強引だな。

まったくわけが分からないけど、まぁ結花のことだ。

なにかしらの方法で、甘えてこようとしてるんだろう。きっと。

ひとまず流れに身を任せることにして、俺はおとなしく廊下に出た。

「じゃあ、お水取ってくるから。ここで待っててね、遊くんっ！」

俺が廊下に出たことで満足したのか、結花は声を弾ませながら、一人キッチンの方へ戻っていった。

さて……今日の結花は、何を企《たくら》んでるんだろうなぁ。
そんなことを思いながら、結花の後ろ姿をぼんやり眺めていると――。
――ようやく俺は、結花がエプロンをしていることに気付いた。
「エプロン……だと……？」
思わず独り言《ご》ちる。
それと同時に、覚醒した俺の頭脳が、ひとつの結論を導き出した。
バレンタインデーの前日。
女子がキッチンで何かを作ってる。
男子には秘密。
「こんなん、もう……手作りチョコしかないじゃんよ……」
興奮しすぎたのか、結花の口調がうつってしまった。
俺はいったん深呼吸をして、心を落ち着かせる。
――つまりは、こういうことだ。
結花は俺に内緒で、手作りチョコを作っていた。

その現場に、何も知らない俺が入ろうとしたもんだから、結花は焦《あせ》った。

このまま俺がキッチンに入ってしまうと、チョコを作ってることがバレちゃう。

「これじゃあまずい！」――そう考えた結花は、慌てて俺のことを、キッチンから追い出したんだ。

謎はすべて解けた。

そして……………やっべぇ、めちゃくちゃ嬉《うれ》しい‼

これまでも、結花にドキドキさせられた出来事は、山ほどあった。

だけど、バレンタインデーは――やっぱり男子にとって、特別だから。

女子から本命チョコをもらって、嬉しくない男子なんていない。それが手作りチョコだったら、なおさらだ。

――モテない男子にとっては苦痛でしかない？

――企業の策略によって生み出された悪魔のイベント？

うん。前にそんなこと言ったような気がするね。

残念。ただの負け惜しみでした。

自慢じゃないけど、俺はこれまでの人生で、本命チョコをもらったことなんてない。

だから、とにかく――ドキドキして仕方ないんだ。

「ゆーうくーんっ！　お水持ってきたよー‼」

悶々《もんもん》とそんなことを考えていると、エプロン姿の結花が、コップを片手に戻ってきた。

そしてニコニコしながら、俺にコップを差し出してくる。

……………あれ？

そこで俺は、あることに気が付いた。

「ねぇ、結花」

「はーいっ！　呼ばれました、結花でーすっ‼　なぁに、遊くん？」

「いや、鼻先になんか付いてるよって……」

「うにゃあ⁉」

俺が指摘した途端、結花は両手でバッと、自分の鼻先を隠した。

「……んっとね、遊くん？　これはね、えっと、ちがくって。キッチンで、何かが飛び跳ねて、お鼻についちゃっただけなの……」

目を潤ませながら、おたおたと弁明する結花。

あ……しまった。

教えてあげなきゃと思って伝えちゃったけど、女子的には結構、センシティブな話題だったのかもしれない。

ここはちゃんと、フォローしないとだな。

分かってるよ、結花。

チョコを手作りしてたら、それが鼻先についちゃっただけなんだもんね？

「大丈夫だよ、結花。分かってるから、今のがチョ――」

「――ちょ、ちょーこわーい‼　ちょこー‼　い、一体なにが飛び跳ねたんだろー⁉　なんだか嫌な予感がするなぁー‼」

……おや？

結花のレスポンスの様子が……？

「えっと、ちょっと想定外の流れなんだけど……何を言ってんの、結花は？」

「え、えっと……あ、そうだ！　遊くん、これは――祟《たた》りだよっ‼　私の鼻先に何かが飛び跳ねたのは、祟りが原因なんだよ！」

「マジでなに言ってんの⁉」

――許嫁がチョコを手作りしていると思ったら、祟られてました。

なんだそれ。

クソ脚本にもほどがあるだろ、そんなの。

「……まさか……」

そこで俺は、ある考えに行き着いた。

ひょっとして結花……まだ俺に、チョコ作りがバレてないと思ってて。

明日のサプライズのために、どうにか誤魔化し通そうとしてるんじゃないか……？

「遊くん、祟りだよっ！　このおうち……ううん。ちょうどキッチンのあたりに――凶悪なお化けが憑《つ》いてるんだよっ‼」

ちょっと……いや、相当。

明後日《あさって》の方向な誤魔化し方だけど。

◆

結花はスマホをテーブルに置くと、スピーカー設定へと切り替えた。

『……もしもし兄さん。妖気を感じるし』

意味不明すぎる第一声。俺は思わず、頭を抱えたくなった。

声の主は、我が愚妹――佐方那由《さかたなゆ》。

普段はツンツン、ウィッグをかぶるとデレるという、ツンデレの奇行種だ。

「那由……お前、いつから妖怪になったんだよ？」

『はぁ？　失礼じゃね？　兄さんの方が、よっぽど妖怪っしょ。童《わらべ》の姿をした、女子の前でだけ萎縮する――妖怪ＤＴ』

「童貞を妖怪にカウントすんな！　世界中の童貞に怒られるぞ、お前‼」

『けっ』

――ちなみに俺と結花は、廊下に座ってるなう。

普通に、めちゃくちゃ寒い。

だけど結花がね……『お化け』を理由に、キッチンどころかリビングにも入れてくれないんだよね。

もはや手作りチョコより、この状況の方がサプライズだわ。

『とにかく、やベー妖気の妖怪がいるわ。海外にいても感じるくらいだし、マジで』

「そんなレベルなら、除霊してもらわないとまずくない？」

『とりま、今日を凌《しの》げば、消えてなくなるんじゃね？　知らんけど』

「設定ガバガバだな⁉ 正直に答えろって、那由。結花から口裏合わせてとかなんとか、頼まれたんだろ？」

『……ちっ、うざ…………やばっ、うざ……』

えっと、聞こえてるよ？

やめてくんない？ 小声でガチトーンの悪態吐《つ》くの。

「な、那由ちゃんっ‼ これって、あれだよね？ 今日はぜーったい、リビングに入んない方がいいんだよね⁉ 遊くんだけっ！」

「なんで俺だけ⁉ 海外まで届くほど、強力な妖気を持った妖怪がいるんだろ⁉ 結花も入っちゃまずいでしょ、それなら‼」

「わ、私は平気なんだよっ！ なんでかは分かんないけど、きっとそう‼ ねぇ那由ちゃん、そうだよねっ⁉」

『…………………そうなんじゃね？』

めちゃくちゃ間が空いたあと、那由がだるそうに言った。

そろそろこいつ、面倒になってきてんな。

『……おっけ、分かった。一人だけ、除霊できる奴《やつ》の心当たりがあるから。そいつに、折り返しさせるし』

「え⁉ 那由ちゃん、除霊は駄目だよ！ 明日の朝までは、遊くんがキッチンに入ったら駄目だもんっ‼ 遊くん、今のなしね？ 除霊しない方向でお話ししよう！」

那由のアドリブに動揺したとしても、それを言っちゃあおしまいだよ？

結花、結花。

『ま、悪いようにはしないから。安心して待ってて、結花ちゃん。じゃ、兄さん……糖分過多で致死量に至れし』

結花をいなしつつ、すごく遠回りな暴言を俺にぶつけて。

那由はプツッと――通話を切った。

「どうしよう遊くん……このままじゃ、遊くんがキッチンに入れるようになっちゃう！」

「……えっと。妖怪以外に、何か入っちゃいけない理由があるの？」

「――――っ‼ な、ないよ⁉ ぜーんっぜん、ないけど……入んない方がいいと思うなー？ 入ると、大変なことになるんじゃないかなー？」

下手くそかな？

ここまで必死になってるのに、ずっとエプロンつけたままだし。

結花があまりにも、隠し事に向いてなさすぎて……一周回って、面白くなってきたよ。

こうなったら仕方ないな。

取りあえず——結花の気が済むまで、付き合うとするか。

「……あ。勇海《いさみ》から電話だ」

スマホの着信に気付いた結花が、再びスピーカー設定に切り替えた。

聞こえてくるのは、男装コスプレイヤー義妹《いもうと》——綿苗《わたなえ》勇海の声。

『ふふっ……お困りのようだね、結花？　迷える子羊になった結花……そんな可愛《かわい》い子羊ちゃんを、この僕が導いてあげるね？』

「はいはい。それじゃあ勇海、またねー」

『待って結花⁉　前置きが気に入らなかったなら謝るから、ひとまず話を聞いて！』

……何がしたいんだ、こいつは。

初手で結花をからかって、怒らせちゃう——今日も勇海は、通常運行だ。

「はぁ……で？　勇海は一体、なんの用なの？」

『那由ちゃんから、話は聞かせてもらったよ。キッチンに凶悪な妖怪がいるらしいね？

ふふっ、任せて。僕がそいつを——除霊するから』

「お前かよ、那由の言ってた除霊できる奴って⁉」

那由の奴、一番押しつけやすい相手にぶん投げやがったな。

だけどそこは、さすがの勇海。

普段から結花に茶番を仕掛けるだけあって……やたら饒舌《じょうぜつ》に、話を続けてくる。

『僕の力で、佐方家のキッチンに憑いた妖怪を――祓《はら》ってみせるよ。けれど、ここまで強大な相手だと、丸一日は掛かるかな。なので、遊にいさん？　今日は決して、キッチンに入らないでくださいね？』

「結花は？」

『……大丈夫です。だってこの妖怪――遊にいさんにしか、害を及ぼさないですから!!』

「なんだよ、その限定的な能力の妖怪は!?」

まったくもって、めちゃくちゃな後付け設定だと思うけど。

結花は「そう、それだねっ！」なんて喜んでるし。

取りあえず、今日のところは――その流れに乗る形でいいよ。まったくもぉ。

◆

――俺にサプライズでチョコを手作りしたいという、結花の気持ちを汲《く》んで。

俺は「我が家のキッチンに、俺にだけ害をなすタイプの妖怪がいる」という、とんでも設定で手を打った。

それで満足したらしく、結花はキッチンの方へと戻っていって。

廊下に一人残った俺は、閉じられたリビングのドアを、ぼんやりと眺めている。

「まぁ実際、俺だって……結花の手作りチョコ、めちゃくちゃ嬉《うれ》しいしな」

ありがとう結花。

明日を楽しみにしてるね。

当日への期待を膨らませつつ、俺は二階に戻ろうと、踵《きびす》を返した。

――すると。

結花の鼻唄が、キッチンの方から――聞こえてきたんだ。

「ふふーん♪　遊くんへのー、手作りチョコー♪　愛情たっぷり、チョコー♪」

……………えっと。

本当に隠す気、あるんだよね？

# 第8話【2月14日】学校の地味な結花《ゆうか》が、一世一代の告白を【バレンタイン】

——カーテンの隙間から射《さ》し込む日の光で、目を覚ますと。

隣で寝ていたはずの結花は、既に姿がなかった。

今日はやけに早起きだな、結花。

そんなことを思いつつ、廊下に出ると……仕度を済ませた結花が、ちょうど階段をのぼってくるところだった。

「おはよう、結花」

「あ。おはよう、遊《ゆう》くんっ！」

眼鏡&ポニーテールという、学校仕様な結花だけど。

家の中では、学校と違ってお堅い感じではなく——ニコニコと、いつもどおりの笑みを浮かべている。

ああ。でも、最近は……学校でもそこまで、お堅い感じじゃないかもな。

昔は「怖そう」「冷たそう」なんて思われがちだった結花だけど、最近はどっちかというと——無口だけど天然、って扱いな気がする。

結花が少しずつ、素《す》の部分を出せるようになったことで。

結花の周りには、多くの人が集まるようになってきた。

そんな変化が、自分のことのように……嬉しいなって、思うんだ。


「結花。お誕生日おめでとう」

「ふへへー……生まれました、ありがとうっ！　遊くんにお祝いしてもらうと、なんだか照れちゃうなぁ……えへへっ」


そう──今日は二月十四日。

世間がそわそわする、バレンタインデーであるのと同時に。

結花の十七歳の、誕生日だ。


「朝一番に言われちゃったら、今日はずーっと、にやにやしちゃいそうだなぁ……もー、遊くんってば」

「言わない方がよかった？」

「んーん。幸せっ。大好き。ありがとう……すーきっ」

……こっちまで照れさせないでよ、結花ってば。

朝っぱらから、頬が熱くて仕方ない。

「と、とにかく……学校から帰ってきたら、予定通りに誕生日パーティーをするからさ。楽しみに待っててね、結花」

「うんっ！　すっごく楽しみっ‼　……あ、そうだ。遊くん、今日なんだけどね？」

弾んだ声で、そう言うと。

結花は上目遣いに、じーっとこちらを見てきた。

「私、先に出掛けちゃうから！　遊くんは後から、学校に来てね？」

「え？　いいけど……なんで？」

「………ひみつ」

べーっと小さく舌を出して、不敵に笑うと。

結花は頬を真っ赤に染めたまま、ご機嫌に言った。

「今日はいっぱい……素敵な日にしようね、遊くんっ」

◆

結花が先に家を出たので、ひとまず未読のＲＩＮＥを消化することにした。

まずは——那由《なゆ》からのＲＩＮＥ。

『チョコ食べてるなう』

投げやりにもほどがある文面。

それとあわせて送られてきたのは、高級そうなチョコを食べる那由と親父《おやじ》の写真。

朝っぱらから、チョコテロすんなよ……。

あと親父は、中二の娘にチョコをもらえたからって、でれーっとした顔してんじゃねぇよ。だらしないから。

次は——勇海《いさみ》からのＲＩＮＥ。

『ハッピーバレンタイン、遊にいさん。本来でしたら、日頃の感謝の思いをチョコに込めてお渡ししたいところですが……あいにく遠方ですので。代わりに、僕の格好いい写真で——甘い気持ちになってくださいね？』

なんだこの怪文書。

それとあわせて送られてきたのは、男装姿で流し目をしている勇海の写真。

どっちかっていうと、ビターな気持ちになったんだけど。

チョコテロも困るけど、これはもはやバレンタインとか、一切関係ねぇ。

まったく——我が家の妹二人組は、今日も自由奔放だわ。

「さーて。そろそろ出掛けるとするか」

スマホをポケットに入れて、鞄《かばん》を手にすると。

俺はいつもの通学路を、一人歩き出した。

普段と同じ道のはずなのに、なんだか今日は、地面がふわふわしてる感じがする。

……バレンタイン当日に、いつもより早く出掛けていった許嫁《いいなずけ》。

これって、あれだよな――下駄《げた》箱にチョコが入ってるとか。机にチョコが入ってるとか。

そういうサプライズ的なやつ。

…………やばい。テンション上がるな、これ。

この場で踊りたくなってしまうくらい、気分は盛り上がってきたけど。

はやる気持ちを抑えつつ、俺は学校に到着した。

そして。

下駄箱まで来たところで。

俺は――難しい顔で立ち尽くしている結花と、鉢合わせた。

「――っ！　さ、佐方《さかた》くん⁉」

チョコ食べてるなう

眼鏡の下の瞳を丸くして、変な声を出した学校結花。

それから結花は、開けっぱなしになってた俺の下駄箱の扉を閉めると。

ギリッと――俺のことを睨《にら》みつけてきた。

「……なにかしら？　こんな公衆の面前で、私のことを舐《な》め回すように見て……佐方くんって、アブノーマルな変態なのね」

「何その、いわれのない罵倒⁉　人の下駄箱の扉を開けて、そわそわしている女子生徒の方が、よっぽど怪しいでしょ‼」

「……勘違いしないで。佐方くんの下駄箱だから、ここを開けたわけじゃないわ」

結花はギュッと唇を噛《か》み締めると。

いつもより少し低めの声色で――言ったんだ。

「私はただ――ここがゴミ箱だって、勘違いしただけだから！」

「ないだろ、そんな勘違い⁉　下駄箱にゴミを入れられてたら、まず最初にいじめを疑うからね俺は‼」

……おそらくだけど。

サプライズを仕掛けようとしたものの、いざとなったら緊張しちゃったんだろう。

チョコを置けないどころか、とんでもいじめ発言だけを残して──結花のバレンタイン作戦:in下駄箱は、失敗に終わった。

そして……バレンタイン作戦:in机に、続く。

◆

「やっほ、佐方！　ほれほれ、うちの愛が籠もったチョコだよん♪」

休憩時間の廊下で。

ニコニコと近づいてきた二原《にはら》さんは……ラッピングされたチョコを、俺に手渡してきた。

「ありがとう、二原さん」

「いーってことよ。んじゃ、このチョコ──うちだと思って食べてね？」

「思わないよ……チョコと友達の区別がつかなくなったら、人間終わりだよ」

「お、おい二原！　俺には……俺にはねぇのか!?」

唐突に俺を押しのけて、マサが大きな声を上げた。

そんな必死すぎるマサの姿を見て、二原さんはけらけらと笑い出す。

「あはは！　倉井《くらい》、めっちゃ必死じゃんー。ウケるんだけど」

「へ、へへ……好きなだけ笑ってくれて、かまわねぇ……だから！　どうか‼　俺のこの手に――チョコを‼」

お前……そこまでしてチョコが欲しいのかよ。もらえたとしても、百パー義理チョコだってのに。

チョコのためなら、平気でプライドを捨てられる。やっぱすげぇよマサは。

「ほいほい。心配せんでも、倉井にも用意してっから。佐方にしかチョコ渡さないなんてやったら、うちの命がないっしょ？」

そう言って二原さんは、マサの手のひらにひょいっとチョコを置いた。

感激のあまりか涙を流して、マサはそのチョコをギュッと抱き締めた……ぐちゃぐちゃになるぞ、チョコ。

と――そんな茶番を終えて、教室に戻ると。

あさっての方向を見ながら、俺の机の中に手を入れて、がさごそしている少女がいた。

もちろん……綿苗《わたなえ》結花だ。

「――っ！　さ、佐方くん⁉　ど、どうしてここに？」

「自分の席だからだけど」

「ち、違うのよ……私は決して、佐方くんの机の中には、興味ないのよ？」

当たり前だよ。

嫌でしょ、他人の机の中に興味がある人とか。

「あ、結《ゆう》ちゃん」

「見てくれよ綿苗さん！　俺、チョコもらったんだぜ‼　これで俺もリア充だ‼」

そうこうしているうちに、二原さんとマサも教室に戻ってきた。

それを見た結花は、あからさまに目を泳がせる。

「と、とにかく、違うから！　私はただ――佐方くんの机の上に、花をお供えしようって思っただけだから‼」

いじめの中でも、かなり凶悪な部類のやつだぜ、それ？

とんでもいじめ発言を再び放ったけど……結花、完全にテンパりまくってるもんな。もはや何を言ってるか、分かってなさそう。

「そ……それじゃあ、佐方くん？　お元気で！」

そして、結花はわたわたと、俺の机から後ずさっていく。

――そのとき。

「すとーっぷ！　綿苗さん、諦めないで‼」

「そうだよ！　まだライフは残ってるよ‼」

後ろの方で見守っていた女子たちが、結花に声援を送りはじめた。

俺も結花もびっくりして、女子たちの方に視線を向ける。

「佐方くんに、気持ちを伝えるんでしょ？　負けないで！」

「そーだよ！　綿苗さんがうちらに相談してくれて、嬉《うれ》しかったんだから。ぜーったい、最後まで応援するよ！　ね、桃《もも》？」

え……二原さん？

女子たちの言動すべてが未知のものすぎて、混乱しまくってる俺は――二原さんの方に向き直ろうとした。

その瞬間。

二原さんが、後ろから……俺のことを羽交い締めにしてきた。

ぷにょんっと、柔らかい感触を背中に感じる。

「ちょっ⁉　二原さん、何してんの⁉　こんな公衆の面前なのに、胸！　胸が当たってるから‼」

「……佐方、悪いけどさ。今はちょっと、おっぱいの話には乗れないよ」

待って。

俺は別に普段から、おっぱいの話を振ってないはずだよ？

衆人環視のもとでの誤情報発信は、勘弁してくれ。それこそ本当に、下駄箱にゴミを入れられたり、机に花をお供えされたりしちゃうから。

「普段と違って、わざと胸を当ててんじゃないってーの。今のうちは、第二夫人の桃乃《もの》様じゃなくって――結ちゃんのために戦うヒーローの、桃乃様だかんさ」

俺の背後から聞こえてくる、二原さんの声は……なんだか嬉しそう。

それに同調したみたいに、クラスの女子たちはさらに、「頑張ってね」「応援してるよ」と声を上げる。

……一体なんなの、この状況は？

今日の俺は、結花に手作りチョコをもらえるなってことしか、考えてなかった。

それが、こんな事態になるなんて――まさにサプライズだわ。

「あ……ありがとう、みんな。私――頑張るから」

二原さんに羽交い締めにされてる俺の、ちょうど正面に。

眼鏡を掛けて、髪をポニーテールに結った——学校仕様の結花が立った。

だけど、その表情は……お堅いものじゃない。

冷たいものじゃない。

頬を赤く染めたまま——柔らかな表情をしている。

「佐方くん。びっくりしたよね？　桃ちゃんや、他のみんなが、色んな声を掛けてくれたけど。これはね、からかわれてるとか、嫌がらせされてるとかじゃなくて……私が、みんなに相談したから。それでみんな、私のことを——応援してくれてるんだ」

「……相談って……なにを相談したの？」

「…………バレンタインに、好きな人に想《おも》いを伝える方法」

思いがけない言葉に一瞬、頭が追いつかなくなる。

そんな俺に微笑《ほほえ》みかけて——結花は続けた。

「私は……これまで誰かを、好きになったことがなくて。バレンタインってどうしたらいいのか、分からなかった。だから、勇気を出して……桃ちゃんやみんなに、相談したの。そうしたら、みんな優しくて。手作りチョコの方が喜ぶかもとか、下駄箱や机にチョコを置いたらドキッとさせられるんじゃないかとか——色んなことを、教えてくれた」

――下駄《げた》箱や机にチョコを置くのが、正解とは限らない。

手作りチョコじゃない方が好きな人だって、きっといる。

そういう意味では、これは……他愛もない、恋バナのひとつなのかもしれない。

だけど――綿苗結花にとっては。

そんな他愛もないことを、みんなと分かち合えたこと自体が……とても大きな一歩だと思うんだ。

「……すげぇじゃん、綿苗さん。こうなったらよ、遊一《ゆういち》――お前も覚悟を決めないとな」

近くで傍観していたマサが、発破を掛けるように言ってきた。

「うるせぇな……言われなくても分かってるよ」

ぶっきらぼうに、そう返したけど。

女子たちがこうして、結花を応援してくれたように。

お前はいつだって――俺の背中を押してきてくれたんだよな。

ありがとうな、マサ。

――綿苗結花は。

中学生の頃、クラスメートから嫌がらせを受けて、長い間……不登校になった。

高校に上がって環境は変わったけど、一度苦手になった他人とのコミュニケーションは、簡単にはうまくいかなくって。

友達もほとんど作れないまま……これまで過ごしてきた。

中三の冬、来夢《らいむ》にフラれた噂《うわさ》がクラス中に広まったダメージで……少しだけ、不登校になった。

──佐方遊一は。

それ以前に、父母の離婚を目《ま》の当たりにしていたこともあって。三次元女子との恋愛は、傷つけあうことばかりだと思うようになって。

誰かを愛することを避けたまま……日々を過ごしてきた。

だけど──今は。

クラスのざわつきや、盛り上がっている様子は……中三の冬の教室とは、明確に違う。

みんなから伝わってくる温度も。聞こえてくる声の優しさも。

あの頃とはまるで違うもので。

本当に、ただただ──優しくて温かい空気だなって、そう思えた。

「……結ちゃんも、佐方も。勇気を出して、めっちゃ頑張ってきたっしょ？」

二原さんがパッと、俺の身体《からだ》から手を離す。

「だから、もう……だいじょーぶ。中学の頃みたいなことには、なんないから」

振り返ると——二原さんは、曇りひとつない笑みを浮かべていた。

だから俺も、二原さんに笑い返す。

「そうだね……三次元も捨てたもんじゃないなって、思ったよ」

俺は結花の方に、一歩踏み出した。

結花もまた、俺の方へと一歩を踏み出す。

じっと二人で見つめ合う。心臓が脈打つのを感じる。

そうして、少しだけ間を置いてから。

結花はにっこり笑って——ラッピングされた手作りチョコを、差し出したんだ。

「佐方くん。私が生まれて初めて、作ったチョコ……受け取ってください」

——俺と結花は、許嫁《いいなずけ》の関係にあるけれど。

二人の距離が近いことが知られたら、クラスでからかわれたり、いじられたりするだろうって思って。

学校では極力距離を置いて過ごすようにしてきた。

だけど、こうして……クラスで大々的に、結花からチョコを渡されても。

この教室は、温かくって。

辛《つら》かった中三の教室での記憶が――溶けて消えていくのを、感じたんだ。

そして、結花も……きっと同じ気持ちなんだろうなって思う。

結花が実は声優だってこととか。俺と結花が婚約関係なんだとか。

カミングアウトしていないことは、まだまだたくさんあるし。

そこまでカミングアウトするかって言われたら、微妙なところだけど。

俺たちが思っているよりは、世界は優しいものなんだって……気付くことができた、バレンタインだった。

# 第9話　【2月14日】俺の許嫁の結花《ゆうか》が、生まれてきてくれて【誕生日】

「ねぇねぇ遊《ゆう》くんっ！　手作りチョコもらって、どう思った？　びっくりした？」

友達の後押しを受けた結花が、みんなが見守る教室で、手作りチョコを渡してきたバレンタインデー。

そんなの、公開告白としか言いようがないと思うんだけど……なんか結花が、感想を聞きたそうにしてる。眼鏡の下で、目をキラキラさせながら。

家路を辿《たど》りながら、俺は正直な思いを述べた。

「そりゃあ、びっくりしたよ。まさか結花が、クラスの女子たちに相談してるだなんて、思わなかったもの」

「え、そっち!?　まさかチョコを手作りしてるなんて！　……的なびっくりは!?」

「え、そっち!?　ないよ、そっちは！　まさか結花、あのキッチンお化け事件で、隠し通せてると思ってたの!?」

「……ぶー。バレちゃってたのかぁ……」

結花が不服そうに、頰を膨らませる。

無茶なことを言うなぁ、結花ってば。

「まーまー。結《ゆう》ちゃん、大丈夫だってぇ。教室で結ちゃんがチョコ渡しただけで、佐方《さかた》はめっちゃびっくりして、おたおたしてたかんさ。十分サプライズだったたって！」

──なんて、軽い口調で言いながら。

結花の隣を歩いていた二原《にはら》さんが、ニカッと笑った。

「……さっきから気になってたんだけど。なんで二原さん、ついてきてるの？　二原さんの家、こっちの方じゃないでしょ？」

当然の疑問を口にする俺。

俺と結花が一緒に下校するときは、途中まで別々に帰って……ひとけがなくなってから合流するってのが、いつものスタイルだ。

ご多分に漏れず、今日もそうやって合流したわけだけど。

なぜか結花と一緒に……二原さんも来たんだよね。

「あ。うちがいるから、結ちゃんとイチャつけなくって、欲求不満系？　気にしないでいーよ！　めっちゃラブラブ、イチャイチャしても、うちはＯＫだかんさ‼」

「そんなこと思ってないんだけど⁉　人を欲望の塊みたいに言わな──」

「──あ、ありがとう桃《もも》ちゃんっ！　えいっ、ぎゅー‼」

二原さんのとんでも発言を否定しようとしたら、結花がニコニコしながら、俺の腕に抱きついてきた。

……欲望の塊は、ここにいたか。

「あははっ！　やっぱ結ちゃんって、めっちゃ可愛《かわい》い！　そういう結ちゃんの、無邪気でピュアなとこ……好きだなぁ」

「……あれ？　桃ちゃん、どうしたの？」

二原さんの様子が気に掛かったのか、結花はパッと俺から離れて、後ろにいる二原さんの方へと向き直る。

「……ごめん。きっとこの後、家族で誕生日パーティーとか、そんなんだよね？　すぐ帰るんだけどさ……どーしても、ひとつだけ……結ちゃんに伝えたいことがあって」

「うんっ。なぁに、桃ちゃん？」

言い淀《よど》む二原さんを見つめたまま、穏やかに笑う結花。

そんな結花に、応えるように……二原さんも微笑んだ。

「――誕生日おめでとう、結ちゃん。うちってさ、喋《しゃべ》りが軽い感じに聞こえるし、あんま伝わってないかもだけど……高二になって、結ちゃんと仲良くなれてさ。うち――ほんとに毎日、楽しかったんだ」

「そんなの、私だって同じだよ。桃ちゃんと仲良しになれて、すっごく嬉《うれ》しい。大好きだよ、桃ちゃん」

「……はずいよ、結ちゃん。やばっ、なんか泣きそうなんだけど……あー、もぉ！　結ちゃん、大好き‼　うちが男子だったら、ぜってー佐方になんか譲らないんだかんね！」

「なんで突然、俺に対抗意識を燃やすのさ。二原さんってば」

そんな、和やかなやり取りの末に。

二原さんは鞄《かばん》の中から、手作りチョコらしきものを取り出して。

結花に差し出しながら――照れくさそうに、笑ったんだ。

「みんなにも友チョコ、配ったけど。結ちゃんにだけは、この……桃乃《もも の》様特製の手作りチョコ！　友チョコってさ、友達にあげるやつじゃん？　だけど、うちは結ちゃんのこと、友達ってゆーか……その……親友だと、思ってるかんさ！」

◆

「ふへへー……見て見て遊くんっ！　友チョコじゃないよ、親友チョコだよっ‼　おいしそうー。けど、もったいなくて食べられないー。うにゃー」

俺がＺＵＭの設定をしているそばで。

結花は二原さんの手作りチョコを持ったまま、大はしゃぎしている。

幸せそうな結花を見てたら、なんだかこっちまで嬉しくなるんだよな。

本当にありがとね、二原さん。

『……なんで結花ちゃん、猫化してんの？　レベル十七になったら、結花にゃんに進化する種族だったの？』

どんな種族だよ。

結花をモンスターだか妖怪だかと思ってんのか、こいつは。

適当な軽口とともに、ＺＵＭ画面に現れたのは……俺の家族。

毒舌妹の那由《なゆ》と、いつもふざけてる親父《おやじ》だった。

「あ、お……お義父《とう》さま！　ご無沙汰してますっ‼　今日はわざわざ、ありがとうございますっ！」

『いえいえ。大切な我が家のお嫁さんの誕生日なんだもの、ちゃんとお祝いしたいじゃない？　リモートなのは申し訳ないけどね』

『てか、こんなペテン師にかしこまんなくていいよ、結花ちゃん。マジで』

「那由。狸親父《たぬきおやじ》に、ペテン師とか失礼だろ。狸親父なんだから」

『……えっと。実の息子と娘は、僕に冷たすぎないかな？』

佐方家の冷ややかな日常をお届けしていると、綿苗《わたなえ》家もＺＵＭに接続された。

画面に映し出される、綿苗家のリビング。

そこには執事服に身を包んだ、いつもの男装スタイルな勇海《いさみ》と。

和服を纏《まと》って、おどおどしているお義母《かあ》さんの姿があった。

『遅くなりました、皆さん。すみません、父も来たがっていたんですが……やはり仕事が、調整つかずで』

「そっかぁ……お父さん、相変わらず忙しいね」

『「おめでとう、良い一年になるよう願っている」――お父さんが結花に、そう伝えてほしいって言ってたわ。遊一《ゆういち》さんにも、よろしくお伝えくださいと』

「あ、ありがとうございます。お義父《とう》さんにも、どうぞよろしくお伝えいただければ」

――そんなこんなで。

リモートながら、佐方家と綿苗家で顔を合わせて。

結花の誕生日パーティーを、開催する運びとなった。

「誕生日おめでとう、結花」

「えへへー……ありがとう。私、十七歳になりましたっ！」

『……結花。まだ、十七歳だからね？　未成年なんだからね？　やりすぎたら駄目よ⁉』

「何をやるの⁉　分かんないけど、多分やらないよ！」

『母さん、母さん。落ち着こう？　向こうのお義父《とう》さんもいるのに、失礼だから』

『あはは、気にしませんよ。そもそも遊一に、そんな甲斐性《かいしょう》があるとは思えないですし。ねぇ、遊一？　まだ大人の階段、一段ものぼってないでしょ？』

「了解。結花の誕生日が、親父との絶縁記念日ってことだな！」

『ウケる。「一番の遊び人」って名前なのに、甲斐性ないとか』

「誰が『一番の遊び人』だ！　お前はすぐ、そうやって……まぁ、いいけどな？　もう那由のことは、分かってるから。普段はツンツンしてるけど、ウィッグをかぶるとデレッとしちゃう――そんなツンデレ妹だってな！」

『は、はぁ⁉　誰がツンデレだし！　ウニの表皮くらい、ツンしかねーし‼』

各々《おのおの》が好き勝手なことを言い合う、いつもどおりの佐方家&綿苗家。

結花と勇海は、必死にお義母《かあ》さんの暴走を止めようとして。

俺と那由は、無意味な舌戦を繰り広げる。

『なに調子乗ってんの？　ムカつく。昔から言ってるけど、あたしは兄さんに圧勝なんだけど？　名前バトルで』

「出たよ、名前バトル……小さい頃から喧嘩《けんか》するたびに、それ言うよな。俺の名前にあるのが『一』で、そっちが『那由他』だから、数字の大きい那由が勝ちってやつだろ？　その勝負、なんの意味もないからな？」

『意味なくねーし。億、兆、京、垓《がい》、って増えてって、那由他、不可思議、無量大数……ほら、兄さんの十の六十乗倍、強いし』

知らんがな。

十の六十乗とか、まるでピンとこねーよ。

そんな、小さい頃からのお約束な兄妹《きょうだい》喧嘩をしていると…………。

『……わたしは！　まほーしょーじょ、ゆうかちゃんっ‼　ちゃきーん、ばーん。あくのかいじん、いさーみん！　くらえー、ゆうかちゃんふらーっしゅ！　びばびばー』

『おねーちゃん！　いさみも、まほーしょーじょ、やりたいの‼　うえーん、びばびばされるの、もーやだー‼』

「ぎゃああああああああああ⁉」

『うわああああああああああああ‼』

綿苗家のZUM画面から、二人の幼女の声が聞こえたかと思うと。

結花と勇海が、姉妹仲良く――大絶叫した。

「お母さん、なに流してんの!? やめてよ、もぉぉぉ!! 恥ずかしいじゃんよぉぉぉ!!」

『うふふ……びっくりした？ 結花と勇海が小さい頃のビデオよ。すっかり大きくなった二人に、こんな頃もあったのよって見せたくて……サプライズで用意しておいたの』

娘二人の叫びも意に介さず、お義母《かあ》さんはニコニコ笑ってる。

結花のサプライズへのこだわりは、お義母《かあ》さん譲りだったのね……。

『サプライズとかじゃなくって、テロだよこれ！ 母さん、今すぐ焼却処分して!! もしくは僕の箇所だけ消去して、結花のところだけちょうだい！』

「なんでよ!? 私の黒歴史を握って、なんか悪さでも企《たくら》んでるんでしょ勇海はー!!」

『僕をなんだと思ってるの、結花は!? 僕はただ、ミニ結花の無邪気な声を子守歌代わりにすれば……結花の夢を見られるんじゃないかって、そう思っただけだよ。ふふっ……ちゃきーん。びばびばー』

「あ！ ほら、それ！ 馬鹿にしたでしょ!! ぜーったい、馬鹿にした！ もー怒ったからね、勇海!!」

俺と那由に、勝るとも劣らない、綿苗姉妹のくだらない言い争い。

やっぱりどの家も、きょうだいって阿呆《あほ》な諍《いさか》いをするもんなんだな。


――と、まぁ。

誕生日パーティーとは名ばかりの、普段どおりのわちゃわちゃ具合になったけれど。


『結花さん。改めて、お誕生日おめでとう。いやぁ、頼りない息子で申し訳ないんだけど……末永く、遊一のことをよろしくお願いします』

『結花。お誕生日おめでとう……離れていても、お母さんとお父さんはいつだって、あなたを大事に思っているわ。どうか身体《からだ》にだけは、気を付けてね？』

『結花ちゃん。おめでとう、マジで。えっと……また遊びに行くし。兄さんが馬鹿なことしたら、ぜってー極刑に処すから。だから、これからも――あたしの素敵な、お義姉《ねえ》ちゃんでいてね』

『結花、誕生日おめでとう。遊にいさんがいるから、きっと大丈夫だとは思うけど……困ったことがあれば、いつでも言って。どんなときでも、僕は結花の味方だから。遊にいさんと一緒に、幸せな一年を過ごしてね――お姉ちゃん』

最後に、みんなからお祝いの言葉をもらったときの結花は……とても嬉しそうに笑っていたから。

「えっと……ありがとうございましたっ！　今日はすっごく、幸せな日だったから――明日からもいっぱい楽しく、頑張ろうと思いますっ‼」

今日は本当に――素敵な誕生日パーティーになったんじゃないかと、思うんだ。

◆

波乱のバレンタインデーも、騒々しいほどの結花の誕生日パーティーも、どちらも終えた余韻に浸りながら。

俺と結花は部屋に戻って、布団《ふとん》を敷いていた。

「えへへっ。今日は色々ありがとうね、遊くん！　今日は二月十四日史上、いっちばん楽しい日だったなぁー」

敷き終わった布団に女の子座りすると、結花は左右に身体を揺すりながら、嬉《うれ》しそうに言った。

さらさらとした黒髪も一緒に、ふわふわ揺れる。

ほのかに香る、柑橘《かんきつ》系の匂い。

そんな中、俺は——結花に対して、背を向けた。

「……あれ？　遊くん、何してんのー？」

どうやら、俺の挙動がお気に召さなかったらしい。

結花が後ろから、不満げに言ってくる。

だけど、そんな結花を敢《あ》えてスルーして……俺は机の方へ移動し、引き出しを開けた。

「ちょっとぉー、遊くんってばー。誕生日なんですけどー。誕生日の子には、もっとかまってあげてくださーい。むぅー」

誕生日を盾に、やたらと甘えっ子なことを言ってくる結花。

そんな、可愛《かわい》いしかない許嫁《いいなずけ》を、愛おしく思いながら——。

——俺は、結花の正面に膝をついて。

ピンク色のリングケースを、差し出した。

「……え？　あ、あれ……え？　え？　こ、これ……え？」

「……サプライズプレゼント。びっくりした？」

驚きのあまりか、まったく言葉が出てこなくなった結花は、代わりにぶんぶんと首を縦に振りまくる。

そんな結花に思わず笑っちゃいながら……俺はゆっくりと、リングケースを開けた。

台座に収まっているのは、銀色に輝く指輪。

「二原さんにアドバイスをもらったときは、ぐだぐだになっちゃったから……自分なりに考えたんだ。それで、婚約してるんだし……指輪とか、どうかなって。高価なのは全然、手が出せなかったけど」

「…………」

「……えっと。嫌なら、断っていいからね？　買っといてなんだけど、さすがに十七歳のプレゼントにしては重いよなぁって……後から思ったから」

「……ばか。嬉しいに……決まってるじゃんよ……」

結花の瞳から、涙が零《こぼ》れ落ちた。

そのまま両手で顔を覆って、しゃくり上げるように泣く結花。

「……こんなに嬉しい誕生日、ないよ。遊くん……大好き。好き……嬉しい……」

それから、しばらくして。

両手をおろした結花は――涙で頬を濡《ぬ》らしたまま、にっこりと笑った。

「ありがとう、遊くん。ねぇ、はめてほしいな……遊くんとの、婚約指輪」

「う、うん……」

結花が差し出した右手に、自分の手を添えて。

その細い薬指に、銀色の指輪をはめる。

「……私ね。今日のこと、一生忘れないと思う。これから、もっとたくさん、楽しいことがあるだろうけど――絶対、忘れないね」

そう呟《つぶや》きながら。自分の右手の薬指を、愛おしそうに見つめる結花の姿は。

本当に――可愛いしかなかった。


――誕生日おめでとう、結花。

生まれてきてくれて、ありがとう。

俺もきっと……今日のことは、忘れないよ。

# 第10話　世界は意外と優しくて、もう少し信じてみようって思えたんだ

バレンタインデー&結花《ゆうか》の誕生日から、一晩が明けて。

いつもどおりの流れで、朝食と仕度を済ませた俺は。

同じく準備を終えて、ポニーテール&眼鏡の学校仕様になった結花と。

リビングのソファの上で――プチ揉《も》めしていた。


「結花……さすがに良くないって。このままずっと、してるのは」

「やだ！　だって、してたいもん。ずーっと、してたいのー‼」

「駄目だって……あのね、これから学校だよ？　学校に行くのに、してるわけにはいかないでしょ？　ほら、家に帰ってから、またすればいいじゃない」

「やーだー、ずっとしてたいのー。抜くのやだもん。うえーん、いじわるー‼」

「泣き真似《まね》しても、駄目なもんはだーめ。ほら、抜くよ？」

「うにゃあ、やだよぉ……ねぇ、抜いちゃやだぁ……遊《ゆう》くんと、ずっと繋《つな》がってたいのぉ。だから……ね？　抜かないで、遊くん？」

――えっと。

指輪の話でいいんだよね？

駄々こねたり、泣き真似したり、泣き落としに掛かったり。

結花が変な拒否の仕方するから、なんか俺の脳がバグって、妙に身体がむずむずしてきたんだけど。

「だから結花……指輪をしたまま学校に行くのは、駄目だってば。家に帰ったら、またつけていいんだから――ほら、取りあえず指から抜くよ」

「にゃあああああ⁉　遊くんが！　私から！　指輪を抜こうとするー‼　抜かないで、抜かないでぇー！　遊くんとの大切な……愛の繋がりなのにー‼」

大騒ぎする結花を押さえて、強引に指輪を外すと。

俺はピンク色のリングケースの中に、指輪を仕舞った。

結花はというと……めちゃくちゃ恨みがましそうな顔で、こちらを見ている。

「……抜けちゃったじゃんよ。遊くんがここから、いなくなっちゃった……」

「えっと……さっきから、わざと悶々《もんもん》とさせる攻撃してるの？　それとも、ただのお馬鹿さんなの？」

「お馬鹿さんってなにが⁉　指輪を取られた上に罵倒された……昨日の遊くんは、あんなに優しかったのに。私をもてあそんだのねー‼」

さっきからなんなの、その言葉のチョイス？

結花だからなぁ……ただの天然のような気もするし。

実はわざと、マンガか何かで得た知識を使って、からかっているような気もする。

まぁいいや――今は別に、天然か小悪魔かは重要じゃないし。

「……あのね、結花？　昨日、結花はクラスメートの前で、俺にバレンタインチョコを渡したよね？」

「……ひょっとして、怒ってる？　みんなの前で、目立つことしちゃったから」

「ううん。それは全然、気にしてないよ」

少しだけ不安そうな顔をする結花に対して。

俺はできるだけ穏やかな口調で、言った。

「確かにこれまで、俺たちが親しい間柄だってことは……秘密にしてきたよ。周りから変にからかわれないようにって。だけど――昨日のクラスの感じを見て、思ったんだ。意外とみんな、優しいんだなって」

――中三の冬。凍《い》てつくほど冷たい空気を味わって。

ずっと、三次元との恋愛も……誰かに秘密を話すことも、避けてきたけど。

思っていたよりも、世界は優しいものだったから。

もう少しくらい――周りを信じてもいいかもなって、思ったんだ。

「だからさ。これからは……たとえば教室で喋《しゃべ》ったりとか、一緒にご飯食べたりとか。なんていうか――普通の高校生の男女がするようなことは、別にこそこそしなくていいかなって……思ってるんだけど」

「え、ほんとに⁉ 桃《もも》ちゃんや倉井《くらい》くんみたいに、休憩時間に遊くんに話し掛けたりしていいの⁉ 遊くんのお顔見ながら、ご飯を食べるのも？ そ、そんな天国みたいなことが、あってもいいのっ⁉」

「――ただし」

こちらの提案を受けて、めちゃくちゃテンションの上がった結花を制して。

俺は努めて冷静に、言った。

「婚約とか同棲《どうせい》とかまでバラすのは、さすがにハードル高いでしょ？ だから……指輪は駄目。それが守れないんだったら、リスクが高すぎるので――全部なしです」

「ううっ……遊くんってば、策士すぎ……そんなの言われたら、はいって言うしか、ないじゃんよぉ」

そんな感じで、ぶつぶつ文句を言ったあと。

結花はいつもどおりの笑顔に戻って、言った。

「分かりましたー。ちゃんと学校では、わきまえまーす。だからー……許して、ね？　ゆうくーん……ちゅっ」

——ちょっと。不意打ちで投げキッスするの、やめてくんない？

やっぱり、最近の結花って……天然より小悪魔の方が、勝ってきてるような気がする。

◆

昼休み。

俺はいつもどおり、マサと机をくっつけて、昼飯を食べようとしていた。

「なぁ、遊一《ゆういち》。今回の『トップアリス』は、誰が選ばれると思う？」

バレンタイン翌日だろうとなんだろうと、マサは通常営業。

数日後に発表を控えた、俺とマサにとっての青春──第二回『八人のアリス』の話題を、振ってきた。

「俺はよ、やっぱ……らんむ様が頂点に輝くって、信じてんだ。誰よりもストイックに努力し続けてきたその姿を、俺はずっと見てきたから。その努力が実ってほしいって……へへっ。青臭いかもしんねぇけど、思っちまうんだよ……」

「うん。気持ちは分かる。ただ、お前のその、気取った態度が気に入らない」

「なんでだよ⁉ いいだろうが、愛するらんむ様への想《おも》いを語るときくらい、ムードを作ってもよぉ‼」

他愛もないというか、くだらないというか、普段どおりの雑談に花を咲かせていると。

──駆け足気味な感じで。

綿苗《わたなえ》結花が、やってきた。

「あれ？ どうしたんだよ、綿苗さん？」

マサがきょとんとしながら、結花に声を掛ける。

だけど、結花はそんなのお構いなしに、俺のことを見つめると。

満面の笑みを浮かべて──言った。

「佐方《さかた》くん、お昼食べようよー」

「なにしたって
いいんだよ。
私たち、
兄妹なんだ
から」

## 俺と妹の血、つながってませんでした

著：村田天　イラスト：絵葉ましろ

俺の妹はブラコンだ。家ではいつもくっついてくるし、一緒にお風呂に入ろうとしたり、俺の布団に潜り込んだり……まぁ、妹なんてそんなもんだと思っていた。両親から、俺たちの血が、つながってないと聞くまでは。

新作！

気まぐれな
女子高生の日常は、
少しずつ
変化していく。

## 週に一度クラスメイトを買う話

著：羽田宇佐　イラスト：U35

週に一回五千円――それが、彼女と交わした秘密の約束。友情でも、恋でもない。ただ、お金の代わりに命令を聞く。そんな不思議な関係は、積み重ねるごとに形を変え始め……。学校では秘密のガールミーツガール。

新作！

「ぶっ⁉」

あぶな……飲みかけてたお茶、吹き出すところだった。

え、なに？　今、眼鏡の結花が――家と同じテンションで、話し掛けてこなかった？

「あ。大丈夫、佐方くん？　背中トントンって、しようか？」

「いい、いい！　しなくていいから‼」

「どうしたんだよ、綿苗さん？　なんか、いつもの学校の感じと、違わねーか？」

「――そんなことないけど？」

マサの方をちらっと一瞥《いちべつ》して。

いつものお堅い綿苗結花が、淡々と言い放った。

それから、俺の方に向き直ると。

「えへへっ。一緒にお昼食べたいなー、佐方くん。駄目ですか？」

「怖いよ⁉　マサと俺とで、違う人格が出てきてるの⁉」

「ち、違うよ……一人で二度おいしい綿苗さん、だよ？」

「……え？　どういうこと？」

「綿苗結花が一人いれば、色んなタイプの綿苗結花を、お楽しみいただけます。どうですかー、お得ですよー？　――ってことです」

一体なにを言っているんだ……。

家での、無邪気で甘えん坊な結花とも違う。

かといって、お堅くて寡黙な綿苗さんとも違う。

もちろん、声優・和泉《いずみ》ゆうなって感じでもない。

――普通の高校生の男女がするようなことは、別にこそこそしなくていいかな。


そう。

今の綿苗結花は、きっと……俺のこの言葉をきっかけにして生まれた。

いわゆる――ハイブリッド結花だ。

「あ、そうだ。お弁当、あーんってやっても、いいですか？」

「――っ⁉　ごほっ、ごほっ……」

「わっ、大丈夫？　私のお膝に寝る？」

やめろ。やめるんだ結花。

これまでの学校での結花は、眼鏡を掛けた……お堅いクールビューティ。

そんな眼鏡結花が、急に表情豊かになって、かまってちゃんな感じで迫ってきたら。

ギャップの高低差で——俺の心臓が突然止まりかねない。

「ちょっと、ちょっと！　佐方くん、こっち来て‼」

「——ぐぇ⁉」

そのタイミングで。

何者かが俺の腕を、思いっきり引っ張って……少し離れた席に連れ出した。

「佐方くん……さっきから、何してんの？」

おそるおそる顔を上げると——いつの間にか俺は。

クラスの数名の女子によって、取り囲まれていた。

何これ？　新時代の地獄なの？

「綿苗さんが、めちゃくちゃ頑張ってアタックしてるのに！　なんで佐方くん、なんの反応もしないの⁉」

「え、反応？　なんのこと？　俺、カツアゲされてる？」

「してないよ⁉　ってか佐方くんさぁ、昨日のチョコの返事は、どーなの⁉」

「ちょいちょーい！　みんなさぁ、気持ちは分かるけど。佐方が混乱してっから、いったん落ち着きなっての」

JK地獄という、新種の黄泉《よみ》の国にて。

一人の陽気なヒーローが、敢然と立ち上がった。

彼女の名は、二原桃乃《にはらももの》。

こういうカオスな状況下では、一番頼りになる友達だ。

「助かったよ、二原さん……これって、どういう状況なの？」

「まー、話は簡単。昨日、結《ゆう》ちゃんが佐方に、手作りチョコ渡したっしょ？　バレンタインに手作りチョコを渡すって……ふつーに考えて、どういう意味があると思う？」

「え……本命チョコ、とか？」

「そーいうこと。で、今日の結ちゃんは、佐方にだけ接し方が違うっしょ？　それって——佐方のことが、めっちゃ好きってことじゃん？」

「……そういうことになる、か」

なんとなく話が見えてきた。

つまり、女子たちがやたらと盛り上がってるのは……こういう認識だからか。
・結花は昨日、本命チョコを渡して、俺に告白した。
・結花は今日、普段と違うテンションで、俺にアタックしてきてる。
・さぁ……俺の返事はいかに？

「みんな、結ちゃんのこと、応援してんだよ。ちょーっと盛り上がりすぎて、鬱陶しいかもだけど――お堅くて近づきがたかった結ちゃんの、人となりが少しずつ分かってきて。『友達』として、『仲間』として……めっちゃ応援してるってわけ」

そして二原さんは、パチッとウインクをすると。

グッと親指を立ててみせた。

「それじゃあ佐方――こっからがハイライトよん？　どーいう形かは任せっけど……結ちゃんの愛の告白には、ちゃんと応えなねっ！」

――そうこうしているうちに。

痺《しび》れを切らしたらしい結花が、こちらに向かってくる。

「佐方くん……なんでそっちに行っちゃうの？　私とご飯食べるの、やだった？」

「わあああ‼　ごめんね綿苗さん！　佐方くん、もういいよ！　戻って‼」

「行け、佐方くん！　電光石火で‼」

結花の寂しそうな一言で大慌てになった女子たちは、俺を結花の前に押し出した。

「あ、戻ってきてくれた」

そう呟《つぶや》いて、眼鏡の下の目を細めると。

結花は、まるで太陽みたいに明るく――笑った。

――結花はこれまで、見えないガラスの壁の中にいた。

周りに嫌われるんじゃないかとか、疎《うと》まれるんじゃないかとか。

昔の傷ついた経験から……無意識にそんなことを、考えてたんだと思う。

だけど結花は、そんな自分を変えようと思って。もっと、みんなと仲良くなりたいと願って。

ガラスを壊して――みんなのところへ、飛び出した。

そうして飛び出した世界が、思っていたより優しかったから。

結花はこんな風に……みんなと一緒に楽しく笑えるようになったんだ。

だから、きっと――次は、俺の番。

さすがに許嫁《いいなずけ》だとか、同棲《どうせい》中だとか、そこまで言うのは気が引けるけど。

もう少しくらいは――周りのことを、信じてみないとな。

「……今まで黙ってたけど。実は、俺と綿苗さん――結構前から、付き合ってるんだ」

俺が思いきってカミングアウトした瞬間。

教室が割れるんじゃないかっていうほど、驚嘆の声が上がった。

だけどそれは、茶化すような感じのものじゃなくて。

「早く言ってよ、綿苗さーん！」とか、「今さらだけど、おめでとう‼」とか、「佐方くん、やるじゃん！」とか……温かい言葉ばかりだった。

「え……え？　遊くん？　言っていいの、それ⁉」

俺の行動が予想外だったんだろう、結花は目を丸くして、おたおたしてる。

そんな結花の様子を見て、女子たちは和やかに笑っている。

「勝手に言っちゃって、ごめんね……結花」

「あうぅぅぅ……い、いいんだけどね？　なんか、照れちゃって……」

そして結花は――ずれてきた眼鏡を、整えると。

リンゴのように真っ赤になった顔のまま……言ったんだ。

「……はい。私は佐方遊一くんと、お付き合いさせてもらってます。皆さん、えっと……これからもどうぞ、よろしくです」

# 第11話　第二回『八人のアリス』が気になりすぎて、夜も眠れなかった件

『もうすぐ結果が発表されるけれど……貴方《あなた》も「八人のアリス」に選ばれる可能性は、十分にあると思うわ。ゆうな』

「そ、そうですか……？　自分ではあんまり、自信ないですけど……」

『自信というのは、湧いてくるのを待つものではないわ。自分の手で築き上げるものよ。そうして作り上げた自信が――パフォーマンスを向上させ、結果に繋《つな》がり、さらなる自信を生み出していく。そういうものじゃないかしら？』

――土曜日のリビングで。

スマホをテーブルに置いて、スピーカー設定にした状態で……結花《ゆうか》は正座のまま、紫ノ《しの》宮《みや》らんむの話を聞いていた。

紫ノ宮らんむは相変わらず、めちゃくちゃストイックだな。

さすがは『第一回　八人のアリス投票』で『六番目のアリス』に選ばれた、実力派声優というか。

そんな風に思っていたところ、紫ノ宮らんむは……ふっと息を吐き出した。

『とにかく……私は、貴方も「八人のアリス」に選ばれると思っている。だから、先に言っておくわね――お披露目イベントで共演することを、楽しみにしているわ』

「は、はい！　そうなれるよう、祈ってますし……共演できたときは全力で、一緒に舞台を盛り上げますっ‼」

そんな感じで、通話を終えると。

結花は「ふにゃあ……」っと声を漏らして、カーペットにごろんとした。

「ゆーくーん……どうかなぁ？　ゆうな、『八人のアリス』に選ばれてると思う？」

「選ばれてるよ、絶対。だって、ゆうなちゃんも……和泉《いずみ》ゆうなも。これまでたくさん、努力してきたんだから」

寸分の迷いもなく、俺は答えた。

だって、あまりにも当たり前のことを聞かれたから。

「……あはは、そんなドヤ顔で言わないでよ。なんだか、照れちゃうじゃんよぉ」

そう言って笑いながら。

結花は右手を天にかざして――薬指に輝いてる指輪を見つめる。

「そうだよね、きっと良い結果になるよね。だって私には――『恋する死神』さんが、ついてるんだものっ！」

――神の創りし、偉大なるソシャゲが存在する。

その名は『ラブアイドルドリーム！　アリスステージ☆』、通称『アリステ』。

忘れもしない中三の冬。

リリースされた直後だったこのゲームは、来夢《らいむ》の件でボロボロになっていた俺の心を、救ってくれた。

百人近い『アリスアイドル』には、フルボイスが実装されていて。

定期的に開催されるイベント。声優が交代でパーソナリティを務めるネットラジオ。頻繁に行われるキャストによる生配信。

とにかく――ユーザーを満足させる企画が、目白押しだ。

数名の『アリスアイドル』で結成されたユニットも、いくつか発表されている。『ゆらゆら★革命 with 油《ゆー》』も、そのひとつ。

その上、先日の発表によると――『ニューアリスアイドルオーディション☆』を開催して、新しい『アリスアイドル』を追加する予定らしい。

ますます広がる、『アリステ』の世界。

ああ、『アリステ』に出逢《であ》えて……本当に良かった。

そんな『アリステ』には――いわゆる人気投票が、存在する。

かつては『神イレブン投票』として実施されていた、人気投票。

前回からは、システムが大々的に刷新されて、『八人のアリス投票』として生まれ変わった。

その『第一回　八人のアリス投票』で六位――『六番目のアリス』に輝いたのが、紫ノ宮らんむ演じる、らんむちゃんだ。

ちなみにそのとき、でるちゃんは十八位。

ゆうなちゃんは、三十九位だった。

……まぁ別に、ゆうなちゃんが何位だろうと、かまわないんだけどね。

公式順位がどうだろうと、俺の中ではいつだって――ゆうなちゃんは宇宙で一番、なんだから。

――だけど、和泉ゆうなが。

結花がどれだけ頑張ってきたのかを、一番近くで見ているからこそ。

その努力が実ってほしいって、『第二回　八人のアリス投票』で結果に繋がっていってほしいって——願わずにはいられない。

◆

「うおおおお！　そろそろ発表されんぞ、第二回『八人のアリス』がよぉぉぉぉぉ‼」

「ちょっ……倉井《くらい》、うっさい！　鼓膜が破れるかと思ったんだけど‼」

雄叫《おたけ》びを上げたマサの脇腹に、ゴスッと肘打ちする二原《にはら》さん。

二人とは昨日、我が家で一緒に結果発表を見ようって、約束してたんだよね。

あとは、パソコンのモニターの向こうに——もう二人。

『ったく、静かにしろし。マジで』

『那由《なゆ》ちゃんはあんまり、騒々しい男性は好きじゃないのかな？　ふふっ……それじゃあ、僕の子猫ちゃんになっても、かまわないよ？』

『うっせ、勇海《いさみ》。顔面に猫パンチすんぞ』

俺の妹・佐方《さかた》那由と、結花の妹・綿苗《わたなえ》勇海。

第二回『八人のアリス』の結果が気になって仕方ない——騒々しい妹たちだ。

「そういや……その子、文化祭で那由ちゃんと一緒にいた、執事服の子だよな？　まさか綿苗さんの妹だなんて、思わなかったぜ」

「あれ？　倉井って勇海くんとの面識、なかったん？」

『そうなんですよ、桃乃《ももの》さん。改めまして――よろしくお願いします。結花の妹の、綿苗勇海です。お名前はかねがね伺っています、クラマサさん』

「――って、クラマサ言うな！　『倉井』と『暗い』が掛かってて、好きじゃねーんだよ、そのあだ名‼　おい、遊一《ゆういち》！　なんで綿苗さんの妹に、変なあだ名教えてんだ⁉」

「教えてねーよ！　普段から俺、クラマサなんて呼ばないだろ‼」

「うちも同じくー」

「わ、私も！　倉井くんのことは一回も、勇海に話したことないもんっ‼」

結花のはナチュラルに、ちょっと酷《ひど》い気もするけど。

それはそれとして、犯人は一人しかいないな。

『……あたし？　あれ、言ったたっけ？』

『うん。僕は那由ちゃんに聞いたよ？　クラマサさんって名前だって』

自覚なし。無自覚の犯行って、一番やばいやつだよな。

まぁ、そんなことはいいや。マサはまだ、不満そうだけど……。

――時間になったから。

俺はおそるおそる、インターネットブラウザを更新する。

すると、『アリステ』の公式サイトに――第二回『八人のアリス』発表動画が、表示された。

「……よし、それじゃあ……再生するぞ？」

ごくりと生唾を呑《の》み込んで。

那由と勇海と、ＺＵＭを通じて画面共有した状態で。

俺は、運命の動画の再生ボタンを――クリックした。


――第二回『八人のアリス』結果発表！


大仰なＢＧＭとともに、期待を煽《あお》るような文字列が、画面にでかでかと表示された。

自然と心臓の鼓動が、速まっていくのを感じる。

「……神様。ほんと、頼むかんね……」

二原さんが祈るように、そんなことを呟《つぶや》いた。

――画面がふっと、真っ黒になる。

「うぉぉぉぉぉ！　遂《つい》に来る、来るぞぉぉぉ遊一ぃぃぃぃぃ‼」

『うっせクラマサ！　聞こえないから、静かにしろし‼』

『……落ち着いて、那由ちゃん？　多分、音は関係ないから』

マサが落ち着きなく、大きな声を上げていて。

妹二人は、なんかわちゃわちゃ騒いでいる。

そんな騒がしい空気の中――画面にドンッと、映し出された文字列。

――『八番目のアリス』。

「…………っ！」

結花が反射的に、目を瞑《つぶ》る。

そんな結花の右手を、俺はキュッと握って。

心からの想《おも》いを――口にした。

「大丈夫。俺がついてるから。『恋する死神』は――和泉ゆうなの努力を、ずっと見てきたから。だから、絶対に……大丈夫だから」

――パッと。

再び画面が、真っ暗になった。

そして、次に表示されたのは――――。

**八番目のアリス　ゆうな（CV：和泉ゆうな）**

「……うそ？　わ、私……？」

「…………あ」

すぐには状況が理解できなくって、呆《ほう》けてしまった俺たちだけど。

次の瞬間――佐方家のリビングは、歓声に包まれた。

『マジで⁉　すごい！　結花ちゃんが選ばれたよ、勇海‼』

『……うん。よかった……すごいよ、結花……』

「――遂にゆうなちゃんも、『八人のアリス』のステージに立ったのか。やべぇな、ドラマも顔負けのストーリーじゃねぇか……これだから『アリステ』は、やめらんねぇ」

三人は、思い思いの感想を口にして。

二原さんはガチ泣きしちゃって、一人でしゃくり上げている。

温かい空気。喜びに満ち溢《あふ》れた空間。

ゆうなちゃんのこれまでの軌跡が、走馬灯のように巡っていく。

――『神イレブン投票』の頃は、ランキング下位から数えた方が、早いくらいだった。グッズもほとんどなかったっけな。だから、ネットで拾った画像を使って、自作グッズを作ったこともあったほどだった。

――『第一回　八人のアリス投票』では、三十九位。

かなり頑張った結果だったけれど、まだまだ人気とは縁遠いポジションだった。

――そんなとき、『アリラジ』でバズりだしたんだよな。

『弟』ネタとかいう、危険すぎる話題がネットで人気になって、紫ノ宮らんむとのコンビが注目されはじめたんだっけ。

――そしてユニット、『ゆらゆら★革命』を結成。

ストイックすぎる紫ノ宮らんむと、天然な和泉ゆうなのコンビは、凸凹だけど調和していて。インストアライブでも、結構な人数のファンが集結していた。

『ニューアリスアイドルオーディション☆』では、設定のみで未実装だった妹キャラ・ななみちゃんが参戦決定。

『ゆらゆら★革命　ｗｉｔｈ　油《ゆー》』として、次のユニット展開も進行中。

この一年弱で、本当に色んなことがあった。

まさに飛躍の年だったと言っても、過言ではない。

そんな和泉ゆうなの——結花の努力が実った結果こそが。

——『八番目のアリス』という称号なんだと思う。


「うおおおおおお！　らんむ様、すげえええええええ‼」

俺を走馬灯もどきから引き戻すように、マサが大絶叫した。

ハッと我に返って、パソコンのモニターに視線を移す。

**二番目のアリス　らんむ（CV：紫ノ宮らんむ）**

「マジかよ……すごいな、らんむちゃん」

とんでもない大躍進に、俺は感嘆の声を漏らした。

和泉ゆうなも相当な好成績なんだけど、紫ノ宮らんむはそれを、軽々と超えていく。

そして最後に、第一位——『トップアリス』が発表されて、動画は終了。

動画を閉じると、公式サイトには一位から五十位までのリストが、公開されていた。

「……お。でるちゃんは十位か。惜しいな、順位はアップしてたのに」

「ひぃぃ……掘田《ほった》さんより上の順位なんて、滅相もないよぉ……」

両手をブンブンと振りながら、困ったように眉をひそめている結花。

喜んだり困ったり、感情が行ったり来たり、忙しそうだ。

――ピリリリリリッ♪

テーブルに置いていた俺のスマホが、唐突に着信音を鳴らす。

「誰だよ、こんなときに電話なんて……ん？　鉢川《はちかわ》さん？」

俺はスピーカー設定にしてから、電話に出た。

『あ、もしもし！　遊一くん、ゆうなはいる⁉　あの子、何回かけても出ないから‼』

いつもより早口に、鉢川さんが捲《まく》し立ててくる。

そんな鉢川さんの声を聞いて、結花は「あちゃあ……」っと、おでこに手を当てた。

「ごめんなさい、久留実《くるみ》さん。結果発表に夢中になってたから、着信に気付かな――」

『いいの、そんなことは！　それより、結果を見たのね⁉　ゆうな、選ばれたのよ！　あなたは……「八番目のアリス」になったのよ‼』

興奮したように、そう言ってから。

鉢川さんは――嗚咽《おえつ》を混じらせはじめた。

『おめでとう……頑張ってきて、よかったね……嬉《うれ》しいね、ゆうな……』

「久留実さん……ありがとうございます。久留実さんがいつも支えてくれたから――いっぱい頑張れたんだって、そう思いますっ！」

そんな鉢川さんに、いつもどおりの元気さを向けると。

結花は、俺たちの方に向き直って――ぺこりと深く、お辞儀をした。

「えっと……みんなも！　たくさん応援してくれて、ありがとう。たくさん支えてくれて、ありがとう。ここまで来られたのは、大好きなみんながいてくれたからだって――本当に、そう思うからっ！　今度は私が、みんなを笑顔にできるよう……もっと頑張るね‼」

それから、結花は。

すうっと息を吸い込むと――和泉ゆうなになって。

満開の笑顔で、言ったんだ。

「私がずーっと、そばにいるよ！　だーかーら……みんなで一緒に、笑おーねっ！」

## ★もう秘密は、終わりにしよう★

「――はい。ありがとうございます、鉢川《はちかわ》さん。来月のお披露目イベントでも、全力を尽くします。ゆうなと一緒に」

そう言って私は、マネージャーの鉢川さんからの電話を切った。

喫茶『ライムライト』の二階にある、簡素な自室。

そこで椅子に座ったまま、天井を仰ぎ見て。

私は、深く深く……嘆息した。


現実では、『来夢《らいむ》』という仮面をかぶって。

声優という舞台では、紫ノ宮《しのみや》らんむという存在になって。

私はすべてを賭けて、『芝居』と向き合ってきた。

――尊敬する、真伽《まとぎ》ケイのように。

その結果、私が演じる少女・らんむが得た称号は――『二番目のアリス』。百人以上も存在する『アリスアイドル』のうち、二位の人気と位置付けられた。

そう……二番目。

今回もまた、『トップアリス』には――届かなかった。

「……よく、ストイックだなんて言われるけれど。我ながら損な性格ね。『二番目のアリス』でも、もう少し喜べる性分なら、どんなによかったか」

自嘲せずにはいられない。

『二番目のアリス』という結果に対して、喜びよりも、圧倒的な悔しさが込み上げてきてしまう……そんな自分のことを。

そうして一人静かに、物思いに耽《ふけ》っていたら。

一通のＲＩＮＥメッセージが、届いた。

その送り主は――和泉《いずみ》ゆうな。

『らんむ先輩！「二番目のアリス」おめでとうございます‼ 二番目なんて、やっぱりらんむ先輩はすごいですね！』

文面を見ただけで、ゆうながどれほど舞い上がっているかが分かる。

相変わらず無邪気で、素直で……太陽のような子だ、ゆうなは。

孤高の月のような私とは――まるで対極の存在。

『らんむちゃんと比べちゃうと、まだまだですけど……ゆうなも、「八番目のアリス」に選ばれました。らんむ先輩に言われたとおり、もっと自信を持って、頑張ります！　だから……お披露目イベントでは、どうぞよろしくお願いします‼』

そんな彼女が紡《つむ》ぐ言葉は、本当に純朴で。

ひとつひとつ……眩《まぶ》しく見えるんだ。

『おめでとう、ゆうな。けれど……私も貴方《あなた》も、まだ上がいるのだから。ここで堕落しないよう、気を引き締めていくわよ。お披露目イベントでの共演、楽しみにしているわ』

ゆうなに返信を送ってから、私はスマホの電源を落とした。

そして、真っ暗になった液晶画面を、じっと見つめる。

『八番目のアリス』に選ばれた以上……ゆうなの注目度は、これまで以上のものになるだろう。

そうなると、やはりリスクとなるのは――『恋する死神』の存在だ。

私とゆうなは、まったく違う輝き方だから。

ゆうなの生き方を否定するつもりは、毛頭ないけれど。

傷ついてほしくないとは……どうしても思ってしまうんだ。

ゆうなにも――遊一《ゆういち》にも。

◆

数日前――一人の女性声優の、炎上騒動が起こった。

彼女は、『アリステ』とは別のアイドル系ソーシャルゲームでメインキャラを演じていた、人気声優。

彼女の炎上騒動の発端は――暴露系MeTuber『カマガミ』の動画だった。

『カマガミ』が活動をはじめたのは、ここ最近のこと。

主に女性声優のゴシップを無断でMeTubeにアップし、辛辣な文言で叩《たた》くという悪趣味なスタイルを取っており……声優界隈《かいわい》でも要注意人物とされている。

今回の暴露内容は、アイドル声優として人気が上がってきた彼女に、実は数年来の恋人がいたというものだった。

しかも、その恋人がマネージャーだということも分かって――ネットは荒れに荒れた。

果ては彼女のSNSに突撃して、心ない言葉を書き込む人まで出てくる始末。

そして昨日。彼女の所属声優事務所は、コメントを発表した。

当面の間、彼女が声優活動を休止するという——悲しいコメントを。

◆

「——他人の恋愛や秘密を、暴いて楽しむ。下劣極まりない遊びね」

思わず毒づいてしまうほど、不愉快なことだ。

声優として、日々努力を続ける人間を、なんだと思っているのか。

……そういえば私も、妙な視線を感じたことがあったな。

ただの不審者だったのか、あるいはスキャンダル狙いの誰かだったのか、それは分からないけれど。

有名になればなるほど、リスクと隣り合わせの生活になっていく。

それは、もちろん——ゆうなも同じことだ。

「……貴方はいつも、純粋だけど。世界がそれと同等に優しいとは、限らないのよ——ゆうな」

――私は人に、夢を語ることが苦手だった。

本音を晒《さら》すことが、怖かった。

それゆえに私は、孤独に夢を追い求める道を選んだ。

その結果……遊一の心を深く傷つけてしまったことは、今でも後悔している。

だから。独りよがりだと分かっていても。

私はもう……遊一に、傷ついてほしくない。

そして、大切な後輩のゆうなにも――下劣な連中の餌食《えじき》になってほしくないんだ。


だから、私は――――。


机の隅に置いた鏡を、ゆっくりと覗《のぞ》き込む。

そこにいるのは――野々花《ののはな》来夢。

特段、目立つところもない……ごくごく平凡な、女子高生だ。

だけど、心の中で『笑顔』の仮面をかぶれば。

どんな空気にも馴染《なじ》めて、どんな人とだって気さくに話せる――そんな『来夢』の笑顔に、切り替わることができる。

……今度は、鏡のそばに置いてあるウィッグを、頭にかぶる。
カラーコンタクトはつけていないし、メイクもしていないから、違和感はあるけれど。
心の中で『夢』を纏《まと》えば。
私はすぐに――紫ノ宮らんむになれる。
淡々としているけれど、強い信念を持った――そんな彼女に。

野々花来夢。『来夢』。紫ノ宮らんむ。
私はいくつもの顔を、持っている。
そして、現実を舞台に見立てて。
演技をするのが、当たり前になるうちに。
いつしか、誰にも……野々花来夢を、見せなくなっていた。

だけど、もう――それは終わりにしよう。
だって、私の方から……『秘密』はおしまいって、言ったんだものね。

# 第12話　【佐方遊一《さかたゆういち》】俺が初めて『彼女』と逢《あ》った話をしよう【野々花来夢《ののはならいむ》】

「なぁ、遊一……『カマガミ』って、知ってるか？」

　机の上に寝そべったまま、マサがぶっきらぼうに言った。

「詳しくは知らないけど。昨日ネットニュースで見たよ、その名前」

「暴露系MeTuber『カマガミ』――ここ最近、声優ばっか狙って炎上させてる、やべぇ奴《やつ》だ。許せねぇよな……ガチで」

　マサが怒りを滲《にじ》ませてるけど、無理もない。

『カマガミ』の動画が発端となり、一人の女性声優が活動休止にまで追い込まれたことが――昨日のネットニュースの、トレンドになっていた。

　彼女が出演していたのは、『アリステ』とは違う、別のアイドル系ソシャゲ。

　俺たちの推し声優でも、推しゲーの出演者でもなかったけど……それでも、こんな凄惨なニュースを見れば、憤《いきどお》りもする。

『恋する死神』と名乗ってはいるけど、推しの幸せを願い、ひたすら応援するスタンスの俺とは違って。

『カマガミ』はまさに――声優にとっての、本物の死神だ。

「佐方く……遊《ゆう》くん」

そんな、暗い話題をかき消すように。

とろけそうな笑顔を浮かべた結花《ゆうか》が、こちらに駆け寄ってきた。

眼鏡を掛けて、髪の毛をポニーテールに結った――学校結花の状態で。

「……無理に言い直さなくても、よくない？　綿苗《わたなえ》さ――」

「結花ですっ！」

「……いや、それは分かってるけど。学校だし――」

「結花ですっ‼」

……なんか、頭が痛くなってきた。

そりゃあ、確かにね？

勇気を出して、クラスのみんなと打ち解けていこうと思って――俺と結花が付き合ってるって、カミングアウトしたけどさ。

これまでほどは、距離を取る必要もないんだけどさ。

「あのね、遊くん。用事はないんだけど、お話ししたいな」

だからって——めちゃくちゃ距離を詰めてくるのは、違わないか？

みんなの注目の的になるのも恥ずかしいし。

あと……学校結花にぐいぐい迫られたら、なんか知らないけど、普段より照れるから。

「——ラブコメ反応あり！　破壊、破壊ぃぃぃぃぃ‼」

「うわぁ⁉　ちょっ、やめろってマサ！　いきなり襲い掛かってくんな‼」

「うるせぇぇぇぇ‼　いくら公認カップルになったからって、目の前でいちゃいちゃしやがって……リア充爆弾にしてやる‼」

やだな、リア充爆弾。

リア充爆発しろって言われるよりも、爆弾に改造されそうな感じが怖い。

「もぉー！　倉井《くらい》、やめなっての！　これまで我慢してた結《ゆう》ちゃんが、せっかく素直になれたのに、外野が邪魔すんなっ‼」

暴走モードのマサの腕を摑《つか》むと——二原《にはら》さんがお説教しながら、俺からぐいーっと引き剝がした。

するとマサは、だらんと……全身を弛緩《しかん》させる。

「お？　よーやく分かったん、倉井？　ほい。反省の言葉でも、言ってみ？」

「………二原の胸が、ちょっと当たった」

「死ねっ！」

凄《すさ》まじい速度のビンタが、マサの頬を捉えた。

すげぇ、視認できなかったぞ……。

二原さんのことだし。普段から仮面ランナーの必殺技か何かを、練習しているのかもしれない。

ご愁傷様、マサ。自業自得な気もするけど。

「あの……遊くん。私も遊くんに、くっついてみても、いい？」

「駄目に決まってるでしょ⁉　ここは学校だよ⁉　学生の本分をなんだと思ってるの、結花は‼」

クラスにカミングアウトして以来、学校結花のポンコツ具合がひどい。

さすがに弁《わきま》えてるのか、家の中みたいに「うにゃー」っと、有無を言わさず飛び掛かって来ないだけマシだけど……それも時間の問題な気がして、震える。

「……やばっ。可愛《かわい》い……」

「なんだろーね、あの感じ？　あざとい感じだとムカッとするんだろうけど、綿苗さんのは……小動物系？　みたいな」

「あー、それだー‼　小犬がじゃれてる感じ！　見てて癒《いや》されるやつ‼」

近くで見ていた女子たちが、和やかな雰囲気の中、言い合っている。

……さすがは結花。

天然すぎるのが功を奏したのか、もはや微笑《ほほえ》ましい存在として、周囲から認識されてきてるな。

まぁ、小動物扱いなのは……奇《く》しくも勇海《いさみ》からの扱いと、同じなんだけどね。

――こんな感じで。クラス公認のカップルになった俺たちは。

教室で普通に喋《しゃべ》ったり、一緒にお昼を食べたりと……学校での関わりが格段に増えた。

もちろん、婚約してるとか、同棲《どうせい》中だとか。

そういう高校生らしからぬ話は……内緒のままだけど。

「それじゃあ、結花。また明日ね」

「あ……はい。また明日ね、遊くん」

教室を出る前に挨拶したら、結花が物凄《ものすご》く名残惜しそうな顔で、こちらを見てきた。

後ろ髪を引かれる思いだけど――俺は心を鬼にして、その場を後にする。

カップルが一緒に下校っていうのは、あるあるなシチュエーションなんだけどさ。

俺と結花の場合は……ちょっとね。

万が一、二人で下校してるところを見られて、芋づる式に同棲がバレたりなんかしたら
――とんでもない騒ぎになりかねない。

「お、佐方。車に気を付けて帰るんだぞ！　また明日な‼」

「あ……はい。さようなら、郷崎《ごうさき》先生」

すれ違った郷崎先生に挨拶をして、階段をおりると。

下駄《げた》箱で靴を履き替え、俺は一人――帰路についた。

夕方に差し掛かって、陽《ひ》は少し傾いてきてるけど……なんだか今日は、雲ひとつない綺《き》麗《れい》な空だな。

「もうちょっと、ゆっくり歩くか」

独り言を口にして、俺は歩くスピードを落とした。

いつもの場所で結花と待ち合わせしているけども。

さっき見た感じだと、クラスの女子たちに囲まれてたから、しばらく捕まってそうな気がする。

なので、のんびり歩いて時間を潰すとしよう。

そうして俺は、校門を通って――――。

「へぇー、ここの制服ってブレザーなんだねぇ。初めて見たけど、割と似合ってて、いい感じだよー」

――聞き覚えのある、ゆったりとした話し口調。

こんなところで聞くとは思っていなかった、その声に……俺は言葉を失う。

おそるおそる、横を向く。

校門の前で。

ブロック塀にもたれ掛かったまま、のほほんと笑っているのは。

「……なんで、こんなところにいるんだよ？」

「あははー、驚かせちゃったよね？　ごめんねー、遊一。ちょっと、遊一に用事があってねぇ……待ってたんだ」

彼女は、そう――――野々花来夢。

俺が昔——好きだった相手だ。

◆

——まさか来夢が校門の前で待っているなんて、夢にも思わなかった。

人間って驚きすぎると、本当に頭が回らなくなるんだな。

来夢を見た瞬間、なんにも言葉が出てこなくなったよ。本気で。

だけど——どうにか頭を働かせて。

俺は来夢と、待ち合わせ場所を決めて……その場はいったん、別れることにした。

我ながら、ファインプレーだったと思う。

校門の前なんて——いつ知り合いに見られるか、分かったもんじゃないからな。


「やっほー、遊一」

指定した場所に着くと、既に来夢が待っていた。

学校からしばらく歩いて、交差点を右に曲がったところにある、細い路地。

普段から人通りが少ない、この場所は——いつも結花との待ち合わせに使っている。

「……来夢、学校は？」

「あははー。特別休暇って感じかなー」

膝あたりまであるロングスウェットを翻《ひるがえ》して、来夢はなんでもないことみたいに笑う。

「高校をサボって人の高校に来るとか、トリッキーなことしてんな……で？　どうしたんだよ、人の高校まで来て」

「ごめんねー。人目も多いし、よくないよなぁとは思ったんだけどさ……ほら。遊一って昔は、ＲＩＮＥ使ってなかったでしょ？　あと、高校に入ってスマホを替えたのか、電話かけても繋《つな》がらなかったし」

ああ、言われてみれば。

確かに中学の頃は、ＲＩＮＥを使ってなかったし。高校に入ったときに、機種変とあわせて電話番号も変えている。

そうなると、来夢が俺に連絡を取ることはできないから……学校か家に、直接来るくらいしか方法がないのか。

その二択だったらまぁ、家に押し掛けてくるよりは良識的――。

「いやいや。納得しかけたけど、違うな？　二原さん経由で連絡を取れば、それで済んだだろ？」

「あはは一。もちろん、それも考えたよ。だけどさ、あの桃乃《ももの》が——『結花さんに内緒で遊一と会わせてほしい』なんてお願い、聞いてくれると思う？」

「……まぁ、聞かないだろうね。二原さんだし」

見た目は陽キャなギャルそのものだけど。

中身はめちゃくちゃ友達思いで、義理堅い性格だもんな、二原さん。

結花のことを第一に考えて、そんなお願い、まず断るだろうね。

——なんて、納得しかけたけど。

「いやいや、それも違うな？　どういう前提だよ、それ。用事があるってだけなら、結花や二原さんが事前に知っててもかまわないでしょ」

「あはは一。そう言われちゃうと、困っちゃうんだけどね一」

あっけらかんとした感じで、来夢は笑うと。

胸の前でポンッと、両手を合わせて。

深淵《しんえん》のように黒い瞳で——俺のことを見据える。

「………………あんまり他の人には、聞かれたくない話だからかな」

――なんだ、今の？

中学の頃、よく遊んでいたメンバーの中に、来夢はいた。

人当たりが良くて。飄々《ひょうひょう》としていて。ほんわかとした女子。

そんな、かつて俺が知っていた来夢とは違う……背筋が凍りそうなほどの気迫を、目の前の来夢は纏《まと》っていた。

「――あ、そうだ。先に言っておかないとだねー」

そんな俺の戸惑いを察したのか。

来夢はいつもどおり「あははー」と、穏やかな笑い声を上げた。

「聞かれたくない話って言ってもね。あたしが今さら遊一に告白！　……とかじゃ、ないからね？　あたしは悪い女だけど、そこまで馬鹿じゃないからさー。結花さんのことを心配してるんなら……それは安心してほしいかな」

――俺が一番気にしそうなことを、事前にフォローしてくる。

こういう察しの良いところが、昔から来夢にはあった。

なんでもないことのように、周りに気配りができて。

みんなと盛り上がって、場の雰囲気を明るくして。

笑顔で一緒に、過ごすことができる。

野々花来夢の、そんなところが。

中学の頃の俺は――好きだったんだ。

だから…………。

「なんか事情があるのは分かったけどさ……ごめん、来夢！　それでもやっぱり、日を改めて、二原さんやマサがいるときに話させてほしいんだ」

「…………え？」

俺の回答が予想外だったのか、来夢は僅かに目を丸くした。

「えっと……何か気に障《さわ》ったかな？　それなら、ごめんね？」

「いや。そういうんじゃないんだけどさ……」

そんな来夢に、少しだけ申し訳なくなるけど。

俺は気合いを入れて、話を続ける。

「結花と付き合ってること……今までは、クラスのみんなには隠してたんだけどさ。バレンタインの後からオープンにしたんだよ」

「うん。そうなんだね？」

「そしたらさ――クラスの反応が普通すぎて、びっくりしたんだよ。嫌がらせとか、からかいみたいな弄《いじ》りとかないし。どっちかっていうと、天然すぎる結花を応援してる感じで。思ってたより、みんな……優しかったんだ」

「……そっかぁ。それは本当に……よかったよ」

俺の言いたいことが分かったのか、来夢は少し言葉を詰まらせる。

来夢にフラれたとき――第三者に、悪意のある噂《うわさ》をばら撒《ま》かれて。

それ以来、ずっと……人に何かを打ち明けることが、怖くなってたけど。

「みんなに受け入れられて、ようやく……中三の頃から心につっかえてたものが、取れた気がしたんだ。だから、これからは――胸を張って結花を大切にしていこうって、そう思ってる」

中学の頃、確かに俺は……野々花来夢が好きだった。

だけど、今は違う。

今の俺が、心の底から愛しているのは。

もう――綿苗結花しか、いないから。

「……気にしすぎって、来夢は笑うかもしれないけど。昔好きだった相手と、二人っきりで話すとか——結花が気にするかもしれないから。だから……ごめん！　二原さんがいるときとかに改めて話させてほしい」

そう言って頭を下げてから、俺は来夢に背を向けた。

「それじゃあ、また今度ね」

さすがに気まずくって、来夢の方は見られないな……。

……あ。結花に、今日の待ち合わせはなしって、連絡しとかないと。

そんなことを考えつつ、俺は人通りのない道を歩きはじめた。

「——待って、遊一‼」

来夢らしからぬ大きな声に、俺は思わず振り向いた。

——そこにいたのは。

少し太めの眉をつり上げ、無表情に佇《たたず》む、普段とはまるで違う——野々花来夢だった。

……前に神社で会ったときも。

一瞬だったけど、こんな来夢の片鱗《へんりん》を感じたのを思い出す。

「……結花さんを傷つけたくない、その気持ちはよく分かった。だからこそ、遊一に聞きたいの。結花さんを傷つけないために——『恋する死神』をやめる覚悟は、ない？」

「……『恋する死神』を、やめる？」

何を急に言い出したんだ、来夢は？

疑問に思うのと同時に——俺はふっと、ある可能性に気付いた。

この声色。この表情。この雰囲気。

ひょっとして、これって……俺が知っている人、なんじゃないか？

「来夢は——紫ノ宮《しのみや》らんむ、なのか？」

一陣の風が、俺と来夢の間を吹き抜けていく。

そして来夢は、髪の毛を掻《か》き上げると。

淡々とした口調で、答えた。

「ええ、そうよ。私は……紫ノ宮らんむ。お久しぶりね、ゆうなの『弟』さん？」

## ☆そのゼラニウムを、赤に染めて☆

……わー‼

みんなに捕まってたら、教室を出るの遅くなっちゃったよぉー‼

心の中でそう叫びながら。

私はあたふたと、下駄箱《げた》で靴を履き替えます。

「結《ゆう》ちゃん、だいじょーぶ？」

「へ、平気だよ、桃《もも》ちゃん！　……って、わー！　靴が左右反対になってるー‼」

そばにいた桃ちゃんに心配されるくらい、めちゃくちゃテンパってる私。

それでもどうにか、靴を履き直して。

私は鞄《かばん》を持って、桃ちゃんに手を振ります。

「それじゃあ桃ちゃん、また明日ね！　ばいばーい‼」

「ん、またねっ！」

校門を通り抜けて、歩道に出て。

早足気味に家路を急ぐ私。

うにゃあ……約束してたより、遅くなっちゃったなぁ。

RINEも来てないけど、大丈夫かな？

遊《ゆう》くーん……ごめんねー。

――なんでこんなに、切羽詰まってるかっていうと。

そろそろ帰ろうって思ったところで、みんなから声を掛けられたんだよね。

なんか今度、クレープを食べに行く計画を立ててるらしくって。

なんと！　私まで誘ってくれました‼

楽しそうー、行きたいー、でも人見知りを発動したらどうしようー……なんて思ってたら、桃ちゃんも参加するって言ってくれて。

そんなわけで私は、クレープ会に参加することになりました。

えへへっ、いつもありがとう桃ちゃん！　大好きっ‼

って感じで――教室で盛り上がっていたら、いつの間にか時間が結構経《た》っちゃってたんだよね。

私ってこれまで、放課後に教室に残って、だらだら喋《しゃべ》るとか……そういうの、してこなかったから。

だから時間の感覚が、分かんなかったっていうか。
……うん。ただの言い訳だね。
ごめんなさい、遊くん。許してね？

「……ふへへっ」

こんな状況なのに、不謹慎かもしれないけど。
なんだか私は、楽しくなって……笑っちゃいました。
学校でも遊くんと、いっぱい話せるようになったし。
クラスで話せる友達も、いっぱいできたし。
ちょっと前だと――遊くんと親公認の関係になれたし！
本当に最近の私って……楽しいしかないんだよね。
「ゆーうくーん♪　ゆーうくーん♪」
鼻唄を歌いながら、私はてこてこと待ち合わせ場所に向かいます。
早く遊くんに会いたいなぁ。
それから、遊くんにぴとーって、くっつきたいなぁ。
そんなことを考えながら、交差点の近くまで来ると――――。

「……あ。ゼラニウムだ」

通り掛かった花屋さんの前に。

真っ白なゼラニウムが、飾ってありました。

「……むぅ」

私は足を止めて、花屋さんの前でしゃがみ込んで。

じーっと、白いゼラニウムを見つめちゃいます。

「この前、黄色いゼラニウムを見たときに……来夢《らいむ》さんと『予期せぬ出逢《であ》い』をしたんだよね」

昔読んだマンガの知識で。

黄色いゼラニウムの花言葉が、『予期せぬ出逢い』だって、知ってたんだけど。

その直後に、来夢さんと思いも寄らない出逢いを果たして——花言葉が見事に的中！

ってなったんだ。

だから、なーんとなくゼラニウムを見掛けると……気になっちゃうんだよなぁ。

「白いゼラニウムの花言葉は——うにゃ⁉　『私はあなたの愛を信じない』⁉」

スマホで調べたら、すっごく悪い花言葉が出てきちゃった‼

もぉ、スマホってばー。そんなの見せられたら、不安になっちゃうじゃんよぉ！

あ……でも。

よく見たら、奥の方に――赤いゼラニウムも置いてある。

「赤いゼラニウムの花言葉は……『君ありて幸福』！　えへへっ、よかったー。こっちは、いい言葉だっ！」

やればできるじゃんよ、スマホ！

なんだか嬉《うれ》しくなった私は、ぱっと立ち上がって。

そのまま遊くんの待つところに、駆け出しました。

『私はあなたの愛を信じない』――中学の頃の私は、そんな感じだったかもなぁ。

みんなのことは見えるのに、近づこうとすると壁がある……そんなガラスの部屋に閉じこもって、独りぼっちで泣いてたっけ。

だけど――今は違う。

ガラスの壁を壊して、みんなと一緒に笑ってるから。

私には世界が――すっごく、輝いて見えるんだ。

遊くんと出逢えたから……私の世界は、色を変えた。

白いゼラニウムは、赤く染まって。

『君ありて幸福』――幸せの花に、なれたんだ。

だから今度は――私の番。

白いゼラニウムがあったら、私が赤く染めていきたい。

遊くんが私に、幸せを運んでくれたように。

私もみんなの心に、幸せの花を咲かせていきたいって……そう思うんだ。

◆

「…………あれ、来夢さん？」

交差点を過ぎて、小道に入ろうとしたところで――私はパッと、足を止めました。

だって、なんでか分かんないけど……遊くんと来夢さんが、二人で話してるんだもの。

「まさか――浮気《うわき》⁉」

一瞬、そんなことを考えて、飛び出しそうになったけど。

「……違いそうだなぁ。なんだか、空気が重いし……」

浮ついた感じのお話じゃなくって、真剣な会話をしてそうな雰囲気……。
まぁ、そもそも――遊くんが浮気とか、するわけないもんね。
桃ちゃんや勇海《いさみ》のおっきい胸に、デレッとするときはあるけどね。
……それも、許してないけどね！

「――あれ？」

そんなことを考えていたら。
遊くんと来夢さんから、少し離れた電柱あたりに。
黒いパーカーを着て、フードを目深《まぶか》にかぶった人が――立っているのを見つけました。
二人の位置からだと死角なのか、全然気付いてないみたいだけど。
……何してるんだろう？
足もとに鞄を置いて、ずーっとスマホいじってて……変なの。

いつもは人通りのほとんどない、静かな小道なのに。
今日はなんだか、普段と違う感じがして。
ちょっとだけ――胸がざわざわ、しちゃいました。

# 第13話　【開演】俺が知らない『彼女』の物語【暗転】

——ええ、そうよ。私は……紫ノ宮《しのみや》らんむ。


人通りのない小道に立ったまま。

俺は目の前の来夢《らいむ》から、目を離せずにいた。

風になびく、栗毛《くりげ》色のショートボブ。

少し太めの眉に、くりっとした大きな瞳。

その見た目は、間違いなく——野々花《ののはな》来夢なのに。

彼女が湛《たた》えている表情は、完全に——紫ノ宮らんむのもの。

「名乗るより前に、気付かれるとは思わなかったわ。私の演技も、まだまだね」

低いトーンで、来夢は淡々と告げた。

そして、普段の来夢とは違う笑みを浮かべる。

「あまり驚いていないのね、遊一《ゆういち》。ひょっとして、私が欺かれていただけで、前から気付かれていたのかしら？」

「……そんなわけないだろ。気付かないふりなんて器用なこと、できねーよ」

「そうね。遊一は昔から、すぐに顔に出るものね」

――不思議な感覚だ。

来夢と会話をしてるはずなのに。

喋り方も声の印象も……まるで来夢じゃないみたいに感じる。

「来夢……マジで顔に出さないよな。沖縄公演のとき、紫ノ宮らんむと会っただろ？　あのときだって、まったく動じてなかったし」

「驚いてはいたわよ。ゆうなの『弟』が――まさか遊一だなんて、思いもしなかったもの。それでも私が、演技を崩さなかっただけ。イレギュラーが起きようと、涼しい顔で立ち回る――それが役者だから」

「……とんでもないこと言ってるって、分かってる？」

演技に懸《か》ける、圧倒的な情熱と。

どんな不測の事態でも、落ち着き払っていられる冷静さ。

それを聞いて俺は、改めて実感した。

来夢は本当に――紫ノ宮らんむなんだなって。

「つーか……マサが卒倒するぞ？　紫ノ宮らんむが、実は来夢だとか知ったら」

「確かに、そうかもね。雅春《まさはる》の知っている私と、らんむ……まるで違うもの」

俺の軽口に淡々と返すと。

来夢はふっと、目を瞑《つぶ》った。

「──遊一は。野々花来夢が、紫ノ宮らんむを演じていた……そう思っているのよね？」

「……は？　そりゃ、そうだろ。なんでそんな、当たり前の質問──」

「違うわ。それだけじゃないのよ──私の『演技』は」

少しだけ強い語調でそう言うと。

来夢は目を開けて、少しだけ寂しそうに……笑ったんだ。

「私が演じていたのは、紫ノ宮らんむだけじゃない。遊一たちの知っている『来夢』。それも私の──『役』のひとつなの」

◆

それでは──野々花来夢という少女のお話を、はじめましょう。

小さい頃の来夢は、歌や踊りが大好きな、どこにでもいる普通の子で。

いつかアイドルになりたい、なんて夢を見て……TVを観ながら、アイドルの真似《まね》を繰り返していました。

そんな来夢の家に、変化が訪れたのは――小学校高学年になった頃のこと。

銀行員として、出世街道を歩いていた父が、過労で身体《からだ》を壊したのです。


それから程なくして、父は仕事を辞めました。

そして父母で話し合い、今の家に引っ越して――喫茶『ライムライト』を経営するようになります。

仕事で命を削るより、昔からの夢を叶《かな》えて生きていきたい。それが父母の思いでした。

そんな風に決断した二人のことを……来夢は今でも、尊敬しています。


けれど――世界は、そんなに優しくなくて。

いわゆるエリートだった父の凋落《ちょうらく》を、親族たちは揶揄《やゆ》しました。

直接的には言わないけれど、陰でひそひそと貶《おとし》める様子を、来夢は何度も見ました。

そんな風に、人の夢や信念を……馬鹿にして、踏み荒らす人間がいると知って。

来夢はいつしか――自分の心を隠すようになりました。

誰かに夢を語るのはやめよう。

ふわふわと周りに合わせて、笑っていよう。

現実という舞台の上で、『来夢』という仮面をかぶって──演じ続けよう。

そうして生まれた『来夢』という役柄が……遊一たちの知っている、野々花来夢。


来夢の本当の夢──それは「芝居や歌で幸せを届けたい」というものでした。

そして、そんな夢が叶うかもしれない転機が、来夢に訪れます。

『ラブアイドルドリーム！　アリスステージ☆』の、らんむ役に──素人《しろうと》だった来夢が、大抜擢《ばってき》されたのです。

それから、元・トップモデル──真伽《まとぎ》ケイさんも関わっている、『60Ｐプロダクション』に所属することになり。

声優・紫ノ宮らんむとして──夢への一歩を、踏み出しました。


物語を朗読するかのように。

来夢は自分の過去を、滔々《とうとう》と語った。

そこにあったのは、俺の知らない事実ばかりで。

俺は本当に——来夢のことを、何も知らなかったんだなって実感する。

「……これで本当に、『秘密』はおしまい。ごめんね、ずっと隠していて」

来夢が小さくお辞儀をした。

終演後の舞台挨拶みたいに。

「今の話が、私のすべて。そして今、貴方《あなた》の目の前にいるのが——本物の野々花来夢よ」

「そっか……ありがとな、来夢。本当のことを教えてくれて」

「……御礼《おれい》を言われる筋合いなんて、ないわ。本心を見せない人間の言葉に、重みなんてないでしょう? だから先に——打ち明けておきたかっただけ」

無感情な顔のまま。

栗毛色の髪を掻《か》き上げて——来夢は言った。

「遊一。『恋する死神』はもう、やめた方がいい。その名前を捨てて、和泉《いずみ》ゆうなのファンとしての貴方を……この世界から消すの」

淡々としているけれど。

その言葉は、強くて、重い。

「……今さら俺が『恋する死神』をやめて、意味なんてあるか？」

「貴方は私たちと違って、一般人だから。何かが起こる前に、存在を闇に葬《ほうむ》っておけば
――貴方が『恋する死神』だという事実は、明るみに出ない可能性が高いわ」

「俺が『恋する死神』だって、バレなくても。和泉ゆうなに彼氏がいるってゴシップが出回るリスクがあることには、変わりないだろ？　だったら、敢えて『恋する死神』を消す意味なんて――」

「先日のネットニュースは知っている？　あの件は、彼女が交際していたという事実以上に――その相手がマネージャーだったことが、炎上のトリガーになったわ。もともと彼女のマネージャーは、イベントなどでファンに認知されていたから……それが悪い要素として働いた」

――確かネットにも、そんな書き込みがあったっけな。

アイドル声優として人気が出ていたこともあって。

彼女はファンとの距離が近いイベントが多く、マネージャーが常に見守る形での対応だったらしい。

そのためマネージャーは、ファンからも広く知られた存在になっていて……彼自身が交際相手と発覚した途端、「裏切り者」だなんて叩く人たちが現れた。

声優も、その彼氏も。

当事者双方が叩かれる――そんな悲しい状況に、なってしまったんだ。

「誰と付き合おうが、交際という事象があることには変わりない……事実としては、そのとおりよ。けれど――一般男性との熱愛報道。もしくは、有名なファン『恋する死神』との熱愛報道。ゆうなにとって――どちらの方が、リスクが高いと思う?」

否定したいけど……何も言えなかった。

和泉ゆうなに、実は交際相手がいた。

その事実が明るみになったとき、交際相手が――世間から知られた存在である方が、名も知らない誰かよりも、不要なヘイトを集める可能性は高まる。

『恋する死神』は、ラジオなどで何度もメールを読まれているし……和泉ゆうなの熱狂的なファンとして、界隈《かいわい》では知られた存在だ。

確かに、和泉ゆうなの相手としては――リスクを孕《はら》んでいるのかもしれない。

だからこそ、大ごとになる前に。

来夢は俺に……『恋する死神』をやめるよう、勧めてるってことか。

「言いたいことは分かったよ……けどさ。なんで来夢が、そこまで俺たちのことを気にするんだよ？　この件で何か起きても、紫ノ宮らんむには影響なんてないだろ？」

神社で会ったときも、そうだった。

俺が『恋する死神』だと分かったとき、来夢は明らかに――動揺した。

あの瞬間が初めてだった。完璧な演技を貫いてきた来夢が、崩れたのは。

それがなければ、俺はきっと……来夢が紫ノ宮らんむなんじゃないかなんて、思いもしなかっただろう。

「――私とは違う輝きを、和泉ゆうなは持っているのよ」

俺のことを見つめたまま。

来夢は唄うように口にした。

「……ゆうなって、本当に不思議な子よね。抜けているところは多いし、危なっかしいこともするし、心配なところだらけなのに――気付けば目を奪われている。私とはまったく違う……彼女だけの輝きを、感じるんだ」

来夢が苦笑するように、微笑《ほほえ》んだ。

その表情は、俺の知っている来夢のものとは違うけど。

今まで見た中で、一番——優しい笑顔だと思った。

「お節介なのは分かってる。嫌われても仕方ないと思う。それでも私は——ゆうなにも遊一にも、傷ついてほしくない。だから、伝えずにはいられなかったの。『来夢』でもなく、紫ノ宮らんむでもなく——野々花来夢として」

「…………待ってくださいっ‼」

そのときだった。

向かい合っている来夢の後ろから、大きな声が聞こえたかと思うと。

眼鏡を掛けた一人の少女が——ポニーテールを大きく揺らしながら、バッと大きく両手を広げたんだ。

一見すると、地味なようにも見えるけど。

爛々《らんらん》と輝く大きな瞳は、びっくりするほど澄んでいる。

そんな俺の許嫁《いいなずけ》——綿苗《わたなえ》結花《ゆうか》は。

もう一度、大きな声で言った。

「ちょっとお話を、聞かせてもらいますよ……そこの人っ！」

◆

人通りのほとんどない、薄暗い小道で。

未来の『夫』が、昔好きだった女子と、二人っきりでいる。

…………うん、まずいね。

誤解するなっていう方が、無理のあるシチュエーションだ。

「ち、違うんだよ結花？　これはちょっと、わけがあるっていうか、話せば分かるタイプの事態でね⁉」

「……落ち着きなさいよ、遊一。かえって怪しいわ。やましいことなんてないのに」

めちゃくちゃテンパる俺を見て、ため息を漏らす来夢。

そんな状況の中で、結花は――。

「に、逃がしませんよ？　ちゃ、ちゃんとお話を聞くまでは‼」

なんか——俺たちとは違う方向に向かって、声を上げていた。

「えっと……何やってんの、結花？　そこには誰もいませんよ……？」

「いるよ⁉　遊《ゆう》くんたちが気付いてなかっただけじゃんよ！　私、見つけちゃったんだもんねーだ。遊くんと来夢さんのことを盗撮してる——その人を‼」

……………盗撮？

不穏極まりないそのフレーズに、俺は思わず身構えた。

すると——電柱の陰から、ぬっと。

黒いパーカーを着て、フードを目深《まぶか》にかぶった不審な男が、姿を現した。

「……はぁぁぁぁ。あんたさぁ、なんのつもりなの？　営業妨害なんだけど、営業妨害」

ため息とともに、汚い言葉を吐いて。

男はその場にしゃがみ込み、鞄《かばん》に手を突っ込んだ。

そこから取り出された——一台のビデオカメラ。

「まだあんま撮れてないってのに……しょうがねぇなぁ。んじゃ……直接、話でも聞かせてもらいますかね」

そして男は、ビデオカメラを——来夢に向けて。

「はい、紫ノ宮らんむちゃん？　彼氏との密会現場を撮られたわけっすけど、今の気持ちを一言で、どーぞ」

「…………なんですって？」

ピクッと、来夢の眉が動いた。

――誰なんだ、この男？

なんでこの格好の来夢を見て――紫ノ宮らんむだって、分かるんだ？

「……そう。分かったわ、貴方――『カマガミ』ね？」

混乱する俺とは正反対に。

来夢は冷ややかに、男に向かって言い放った。

すると男は、ニヤッと笑って。

俺たち三人に向かって――その名を告げた。

「よく知ってんじゃん。どーも……暴露系ＭｅＴｕｂｅｒの『カマガミ』です」

# 第14話　【緊迫】死神を巡って、俺の許嫁と昔の友達が……

学校からの帰り道。

校門前で待っていた来夢《らいむ》と話す中で、俺は——来夢がこれまで抱えてきた『秘密』を知った。

そんな矢先だった。

その場に飛び込んできた結花《ゆうか》が……不審な男の盗撮を、暴き出したのは。

その男の名は——『カマガミ』。

女性声優ばかりを付け狙い、ゴシップ動画を投稿しては、いくつもの炎上騒動を誘発してきた……自称・暴露系ＭｅＴｕｂｅｒ。

『恋する死神』という名前だけど、ただの純粋なゆうなちゃんファンである俺とは、まったく違う。

声優人生を刈り取る鎌を持った——本物の死神だ。

「どうしたの、らんむちゃん？　そこの彼氏の話、聞かせてよ。動画は撮れたんだけどさぁ、ちょっと距離が遠くて、話してる内容までは聞こえなかったんだわ。だから……ほら。ビデオカメラに向かって、話してみ？」

「……んー？　人違いじゃないですかー？」

ビデオカメラを向けてきた『カマガミ』に対して、来夢は――表情を切り替えると。

ほわっとした笑顔のまま、小首を傾《かし》げた。

「紫ノ宮《しのみや》らんむ……って確か、声優さんですよね？　聞いたことあるなー。そんな人と間違えてもらえるのは光栄ですけど……あははー。あたし、そんなんじゃないですよー？」

まるで紫ノ宮らんむを感じさせない、飄々《ひょうひょう》とした『来夢』の振る舞い。

――話してる内容までは聞こえなかった。

『カマガミ』のその発言を受けて、はぐらかそうという作戦に出たんだろう。

さすがは来夢。完璧な演技だ。

よし。このまま『カマガミ』なんて、煙《けむ》に巻いて――。

「そーいう茶番は、いらねぇの。あんたが、らんむちゃんだってのは――結構前に、証拠を押さえてんだよ」

「────‼」

へらへらしながら『カマガミ』が出してきた写真に……来夢はぐっと、唇を噛《か》んだ。

一枚目の写真に写っているのは──コートを纏《まと》った、紫ノ宮らんむ。

ひとけの少ない路地裏に、周囲を窺《うかが》いつつ入っていく現場が収められている。

そして二枚目は──路地裏から出てくる、野々花《ののはな》来夢。

その顔つきは、紫ノ宮らんむとはまるで違うけど……着ているコートは、間違いなく同じものだった。

そう、『カマガミ』は──目の前にいる野々花来夢が、紫ノ宮らんむ本人だという動かぬ証拠を、既に持っている。

「……………そう。ここ最近、誰かの視線を感じることが何度かあったのだけど。貴方《あなた》の仕業だったのね」

「大変なんだぜ？　人の秘密を握るってのも」

「ゲスの極みね。貴方のような輩《やから》が──一番嫌いよ」

演技をやめた来夢が、汚物を見るような目で『カマガミ』を睨《にら》みつけた。

けれど『カマガミ』は、臆する様子もなく続ける。

「そろそろ諦めな、らんむちゃん？　俺はあんたの、でっかいスキャンダルを——三つも持ってんだぜ？　ひとつは、紫ノ宮らんむの素顔。もうひとつは、紫ノ宮らんむの熱愛。そして、最後のひとつは——そのお相手が、『恋する死神』だってこと」

——唐突に名前を呼ばれて、俺は一瞬、頭が真っ白になった。

なんで、こいつ……俺のことを？

確か、話は聞こえてなかったって、言ってたはずなのに——。

「いやぁ、それにしても……こんなにおいしい情報が手に入るとはなぁ。らんむちゃんが彼氏といる現場を押さえられたら御《おん》の字だったのに——まさか出てきたのが、『恋する死神』とはねぇ」

「……黙りなさい」

「和泉《いずみ》ゆうなのファンだろ、そいつ？　いいねぇ……同じユニットの後輩声優から、ファンをNTR《ネトリ》。特大のネタだわ」

「黙れ‼」

冷静さを欠いた来夢が、大声で叫んだ。

そんな中——俺は思いきって、『カマガミ』に尋ねる。

「あんた……なんで俺のことを知ってんだよ？」

「あん？　ああ、そっか。『恋する死神』。俺のこと、覚えてねーのか」

『カマガミ』は下卑た笑いを浮かべると。

フードの下から覗《のぞ》く、濁った瞳を俺に向けた。

「――随分前の『アリステ』オフ会。挨拶程度だったし、お前は覚えてないだろーが……あのとき俺は、お前と会ってんだよ。他の奴《やつ》らの顔は、忘れたんだけどな。お前だけは覚えてる……和泉ゆうなの熱狂的ファンとして有名な、お前だけはな。運が悪かったなぁ」

「……えぇ？　『恋する死神』？」

――ようやく状況が呑《の》み込めた。

こいつはもともと、『アリステ』のオフ会に来るくらいのファンで。

一度だけ、『恋する死神』との面識があって。

紫ノ宮らんむの秘密を暴こうと、粘着していたところ……彼女がたまたま、『恋する死神』と一緒にいる現場を目撃した。

そしてそれを――紫ノ宮らんむが、後輩声優のファン『恋する死神』に手を出したと、勝手な解釈をしてるんだ。

——一般男性との熱愛報道。もしくは、有名なファン『恋する死神』との熱愛報道。

——どちらの方が、リスクが高いと思う？

奇《く》しくも、来夢の問い掛けた言葉が、重くのし掛かってくる。

「……なんで、こんなことするんだよ？」

あまりの不快感に、胸が悪くなりそうだ。

「『アリステ』のオフ会に来てたんなら！　お前だって『アリスアイドル』や、そこに命を吹き込んでくれる声優を、応援してたんじゃないのかよ⁉　なんでこんな酷《ひど》いことが、平気でできるんだよ⁉」

「……応援してた、じゃねぇ。今もだよ。『アリステ』も他のアイドル系ソシャゲも、大好きだよ。そして、それを演じる声優のことは——誰よりも愛してる」

そんな俺に対して。

『カマガミ』は語気を強めて、吼《ほ》えた。

「——だからこそ、こそこそ彼氏を作るなんざ、許せねぇだろ‼　俺たちの前ではニコニコ愛想《あいそ》を振りまいて、裏では俺らを馬鹿にして、彼氏とイチャついて……俺たちファンへの冒瀆《ぼうとく》だろうが‼　俺たちは金づるじゃねぇ！」

そんな、めちゃくちゃな論理を喚《わめ》き散らしてから。

『カマガミ』はゆっくりと――来夢のことを指差した。

「ファンに隠れて、男に媚《こ》びる……そんな裏切りを働いた声優に、正義の鉄を！　ファンの純粋な心を弄んだ声優に、神罰を‼　それが俺――『カマガミ』の使命なんだよ‼」

――彼氏を作るのが、ファンへの冒瀆？

ふざけんなよ。声優だって人間だぞ。

誰かと付き合っているからなんだ。ファンの前では全力で頑張ってて、ファンを大事にしてるんなら……神対応でしかないだろ。

――ファンの純粋な心を傷つけた？

傷つけてんのはどっちだよ。

大好きなキャラに、最高の声を吹き込んでくれて。

歌ったり、ラジオで笑わせてくれたり、全力のイベントを見せてくれたり。

たくさんの笑顔をもらっておきながら、心ないことをしてるのは……どっちだよ？

「……あんたこそ、声優をなんだと思ってんだよ？　声優は天使だとか、女神だとかって言うけど……実際は俺たちと同じ、人間だろ‼」

胸の中にふつふつと湧き上がる感情のままに、俺は声を張り上げた。

「人間なら、誰だって秘密くらいある。心の奥に抱えたものも、大切にしてる夢もある。家族とか、友達とか、恋人とか……大事な人だって、いるに決まってんだろ！　それを、心ない噂《うわさ》や言葉で傷つける——そんな権利なんか、誰にもねぇんだよ‼」

——佐方遊一《さかたゆういち》は。

クラスの誰かが言いふらした噂で、傷ついて、少しの間だけ不登校になった。

それ以来、三次元の女性を愛することを……怖いと思うようになった。

——綿苗結花《わたなえゆうか》は。

なんの理由もなく、クラスメートから嫌がらせを受け続けて、長く引きこもった。

外に出るようになっても、他人とのコミュニケーションには……少しだけ壁ができた。

——野々花来夢は。

夢を叶《かな》えようと努力する両親のことを、蔑み見下す大人たちを、目にしてきた。

だからこそ、夢を語ることを諦めて……本当の自分を、隠すようになった。

みんな——心ない噂や言葉で、傷ついてきた。

「………もう、やめろよ。一緒に笑えばいいだろうが。誰かが笑うために、誰かが泣かなきゃいけないなんて——虚《むな》しいだけじゃないかよ」

グッと拳を握り締めたまま、俺は懇願する。

けれど『カマガミ』は——表情ひとつ変えずに、吐き捨てた。

「見解の相違ってやつだな……俺は自分を不快にさせるものは、絶対に許さねぇ」

そして『カマガミ』は、ビデオカメラを俺の方へ、ゆっくりと向けて——。

「すみませーんっ！　はいはーいっ‼　『カマガミ』さーん！」

「…………あん？」

怪訝《けげん》な顔をしながら、『カマガミ』は振り返った。

そこに立っているのは——綿苗結花。

「あんた……まだいたのか。関係ねぇ奴は、どっか行けよ。用があんのは、紫ノ宮らんむと『恋する死神』だけ——」

「はい、それっ！　『カマガミ』さん……そのスクープ、間違ってますよっ‼」

「……あぁん？」

「『恋する死神』さんは、和泉ゆうなのファンですよ？　紫ノ宮らんむが、後輩のファンを奪った的なこと、言ってましたけど……それって『カマガミ』さんの感想ですよね？　なんかそういう根拠的なの、あるんですかっ⁉」

「うっせぇな、なんだよ！　あんたにゃ、関係ねぇだろ‼」

「関係ありますもん。だって、私は――和泉ゆうなだから」


――え？

結花、今……なんて言った？


呆気《あっけ》に取られる俺たちの前で。

結花は眼鏡を外し、ポニーテールに結っていた髪をほどいた。

風になびく、黒いロングヘア。

眼鏡を外した途端、なんだか垂れ目っぽく見える瞳。

そんな普段の格好になった結花は、すぅっと息を吸い込んで。

──聞き慣れたセリフを、口にした。

「ゆうながずーっと、そばにいるよ！　だーかーら……一緒に笑お？」

「──なっ⁉　い、今の声……って」

『八番目のアリス』──ゆうなちゃん。

そのリアルボイスによるセリフを聞かされて、『カマガミ』はあからさまに動揺する。

そんな『カマガミ』に向かって──綿苗結花は。和泉ゆうなは。

まるで臆することなく、続けた。

「びっくりしました？　えへへっ。実はですね、私──声優・和泉ゆうなとして、『アリステ』のゆうな、やってますっ‼」

◆

「……和泉、ゆうな……だと？　いや、まさか……」

「……ちょっとぉ。なんでらんむ先輩と違って、私は疑うんですかっ！　自分で名乗ったし、ちゃんとゆうなの声も出したのにー‼」

いやいや、そうじゃない。

むしろ、その自分からバラしていくスタイルが、怪しまれてる原因だって。

だけど、なぜだか結花は――『カマガミ』に対して、自分の存在をアピールし続ける。

「とにかく、私は和泉ゆうな！　らんむ先輩と同じ事務所の、後輩です‼　『カマガミ』さんのスキャンダルが間違ってたので、訂正したいですっ」

「……なんだよ、間違いって？」

「まずはですねぇ――らんむ先輩の、熱愛疑惑について！　もぉー……ぜーんっぜん、違いますっ！　訂正です、訂正っ‼」

「ゆうな！　貴方《あなた》、さっきから何をしているの⁉」

来夢が慌てたように声を上げた。

だけど結花は、ニコニコしながら続ける。

「らんむ先輩はですね……ファンの皆さんの前だけじゃなく、普段からめちゃくちゃストイックなんです。演技一筋で、恋愛に気が逸《そ》れたりとか、絶対しません。もぉー、普段のらんむ先輩を、見てほしいくらいですよ。すーっごく厳しいんですからねっ⁉」

「……んだよ、くだらねぇ」

結花の熱弁を、苦しい言い訳くらいに捉えてるんだろう。

『ガマガミ』は苛立《いらだ》たしげに、言葉を返す。

「そんな適当な嘘《うそ》で、誤魔化されるかよ。じゃあなんで、らんむちゃんは『恋する死神』といるんだ？　オフの格好でファンと密会してんだぞ？　これが彼氏じゃねぇってんなら、なんだって――」

「『恋する死神』さんは――私のファンで、私の彼氏ですっ‼」

――とんでもない発言が。

二月の寒空の下に、響き渡った。

「……は？　あんた、今……なんて言った？」

「だーかーらっ！　『恋する死神』さんは、私の彼氏なんですってば！　『恋する死神』さんは、私の一番のファンですよ？　それなのに、らんむ先輩の彼氏だなんて……そんなガセネタ、失礼すぎるじゃんよ、もぉ‼　訂正ですよ、訂正ー‼」

「馬鹿なの、ゆうな⁉　黙りなさ――」

「らんむ先輩こそ、静かにしてくださーいっ！　あ、ちなみにですね、告白は私からしました！　私が『恋する死神』さんを大好きすぎたので‼　だから……」

それから結花は。

いつもの笑顔のまま――告げた。

「――『恋する死神』さんも、らんむ先輩も、悪くありません。私が勝手に『恋する死神』さんを好きになって――らんむ先輩には、そのことを打ち明けてました。なので、らんむ先輩と『恋する死神』さんも面識があった……それだけです。『カマガミ』さん、ちゃーんとこの動画、使ってくださいね？　いえーい、ぴーす」

「結……ゆうなちゃん‼」

俺は飛び掛かるようにして、結花の口元を押さえた。

結花は「もごーもごー‼」とか言いながら、じたばたしてるけど。

泣きそうになるのを堪《こら》えながら……俺は結花を、自分の方にギュッと抱き寄せた。

「……なんであんた、自分から声優人生を終わらせに来たわけ？」

そんな結花に対して、『カマガミ』は怒りを露《あら》わにする。

「彼氏アピールして、ファンを馬鹿にしたかった？　らんむちゃんと彼氏が映ってて、嫉妬した？　分かんねぇけど――ファンへの裏切りだ。ぜってぇ許さねぇ……っ！」

そして、回していたビデオカメラを、鞄《かばん》に仕舞うと。

『カマガミ』は俺たちに背を向けつつ――大きく舌打ちをした。

「ご希望どおりにしてやるよ。今回のターゲットは、らんむちゃんじゃねぇ……和泉ゆうな、あんただ。ファンを裏切った、あんたの声優人生を――この『カマガミ』が、刈り取ってやる」


――『カマガミ』が立ち去った路地裏で。

どっと疲れが出た俺は、結花から手を離して、地べたに座り込んだ。

結花もまた、「ぷはぁー」なんて言いながら、その場にしゃがみ込む。

「……なんのつもりなの、ゆうな？」

そんな結花を、見下ろしたまま。

野々花来夢は、瞳を潤ませながら問い掛ける。

そんな来夢を見上げて、結花はにへーっと笑った。

「……えへへっ。来夢さんが、らんむ先輩だったんですね？　ぜーんっぜん、気付かなかったなぁ……やっぱり演技が上手ですよね、らんむ先輩って」

「そんなことは、どうでもいい！　馬鹿なの、貴方は⁉　奴《やつ》は貴方が、和泉ゆうなだという情報は持ってなかったのよ⁉　それなのに、自分から教えるだなんて……」

「だって、遊《ゆう》くんと付き合ってるのは、私ですもん。嘘を言いふらされたら、みんな嫌じゃないですか。っていうか……私がなんか、やですもん。らんむ先輩が来夢さんなんだから、なおさら複雑ですしっ！」

「時と場合を考えなさいよ！　私への不満なら、あの悪党が帰った後に言えばよかったでしょう⁉　貴方が黙っていれば……貴方だけでも、被害に遭わずに済んだのに……っ‼」

「でも、そうしたら——遊くんとらんむ先輩が、嫌な日に遭うでしょ？」

すこぶる冷静に、そう返すと。

結花はおもむろに立ち上がって。

儚《はかな》くて、優しくて、綺麗《きれい》な笑顔で——言ったんだ。

「ごめんなさい。だけど私は——大好きな二人が傷つくところを、見たくなかったから」

# 第15話　泣きそうな夜でも、手を繋《つな》げば、きっと笑顔の虹が架かる

暗い路地裏に座り込んだまま。

俺は見上げるように、結花《ゆうか》と来夢《らいむ》のことを見ていた。


ほどいた黒髪を、風になびかせながら。

陽《ひ》の光のような笑みを浮かべた、綿苗《わたなえ》結花こと——和泉《いずみ》ゆうなと。

栗毛《くりげ》色のショートボブを、ぐしゃっと握って。

月光のように儚げに立ち尽くす、野々花《ののはな》来夢こと——紫ノ宮《しのみや》らんむを。


「……なるほど。私と『恋する死神』さんが付き合ってるって知って、私たちが叩《たた》かれないようにって、気を回してくれたんですね。えへへー、らんむ先輩って、やっぱり優しいですねっ！」

「……ふざけないで。私は、優しくなんてない」

ニコニコしている結花に対して、来夢は鋭い口調で応える。

「貴方に――和泉ゆうなに、勝手な期待を抱いて。くだらないゴシップが貴方に降りかからないようになんて、余計な手出しをして。結果的に、私に付き纏《まと》っていた輩《やから》が、貴方を標的にしてしまった……愚かすぎて、自分に嫌気が差すわ」

「ほら。私のこと、すっごく護《まも》ろうとしてくれてたんじゃないですか！　ありがとうございます、らんむ先輩‼」

「御礼《おれい》を言われる筋合いはないわ。結果がすべてよ。私のせいで、貴方と遊一《ゆういち》に不利益が生じたのだから――私はただの、疫病神《やくびょうがみ》でしかない」

「そんなことないですってば。結果とかじゃなくって、いっぱい考えてくれたことが、優しくて嬉《うれ》しいって言ってるんですー」

「だから、気持ちがどうだろうと、結果がすべてだって言ってるでしょ！　考えるだけなら猿でもできるわ‼」

「強情だなぁ、らんむ先輩は」

「それはこっちのセリフなんだけど！」

綿苗結花と野々花来夢の、格好のまま。

和泉ゆうなと紫ノ宮らんむは、互いに意地を張り合った。

そして、じっと見つめ合ったまま――。

「……ゆうな。どうして貴方は、自分のことを一番に考えないの？」

「え、そんなことないですよ？　遊《ゆう》くんが大好きすぎて、いつだって甘えてますし。修学旅行とライブを両立するぞって言って、久留実《くるみ》さんに迷惑掛けたこともありました。どっちかっていうと……わがままですよ、私」

「――貴方がわがままなら、私はどうなるの？　私はいつも、自分の夢のことだけを考えて生きてきた。私の生き方の方が、よっぽど……わがままでしょう？」

「んーと……らんむ先輩は、頑固です。いーっぱい頑固！　スーパー頑固‼」

「……馬鹿にしているの？」

「怒ってるんですー！　もっと頼ってくれたって、いいじゃんよって‼」

なんという、子どもみたいな文句。

思わず呆《あき》れちゃいそうになるけど……確かに、一理あるのかもな。

野々花来夢は――普段は『来夢』を、仕事では紫ノ宮らんむを、ずっと演じてきた。

そして、夢を叶《かな》えるために……他のすべてを捨てて、がむしゃらに努力を続けてきたんだ。誰にも本音を、語ることなく。

そんな固い信念を持った生き方を、わがままだと非難することはできない。それだけ来夢は、自分を削りながら生きてきたんだから。

だけど、確かに……頑固ではあるのかもな。

「……どうして誰かに、頼らないといけないの？」

来夢がため息交じりに、言い放つ。

「自分たちなりの幸せを築いた両親は、周りから『愚か者』と嘲笑されたわ。世間一般の言う、エリートコースから外れた時点で……私の父は落伍者《らくご》としか見なされなかった。そんな冷たい世界を、私は決して信じない。夢を叶えるのは自分。望んだ未来を摑《つか》むのも自分。私は――私だけしか、信じない」

「……そうやって、自分に言い聞かせながら生きてきたんですね。来夢さんは」

来夢の頑《かたく》なな言葉に動じることなく、結花は言った。

その発言に、来夢は眉を吊《つ》り上げる。

「……それ、どういう意味？」

「世界は冷たいものに決まってるって、誰も信じないぞーって、そう自分に言い聞かせて――ガラスの部屋に閉じこもることを選んだんだなぁって。そう思っただけです」

――なんだか見てるこっちが息苦しくなる、そんな空気。

だけど、こうなったときの結花って、意外と頑固だから。

絶対に最後まで……来夢と向き合うことから逃げないんだろうなって、そう思う。

「……自分に言い聞かせた、ですって？　まるで、本当はそう思ってないと言っているように、聞こえるけど？」

「はい。来夢さんはきっと、本当は誰かを信じたいって……ずっと思っていたはずです」

「勝手に決めつけないで。私は私のことしか、信じてなんて――」

「――本当に誰も信じていないんだったら。どうして遊くんのことを、好きになったんですか？」

淀《よど》みない調子で、結花が来夢に問い掛けた。

思わず俺は、来夢の方へと視線を向ける。

そこに立っていたのは――『来夢』でも、紫ノ宮らんむでも、なかった。

大きく見開いた目を、ゆらゆら揺らして。

一文字に結んだ口を、苦しそうに歪《ゆが》ませて。

一人寂しく佇《たたず》んでいる……野々花来夢が、そこにいた。

「……やっぱり、結花さんってすごいわね。普段はへにゃへにゃしてるのに、こういうとき——痛いところを突いてくる」

「あれ？　今、馬鹿にしました？」

「してないわ。事実を言っただけよ、へにゃへにゃだって」

「失礼ですね、もぉ……来夢さんってば」

むーっと頬を膨らませる結花を見て、来夢は少しだけ笑って。

ふっと、顔を上げ……夕焼け空を、仰ぎ見た。

「遊一を好きになったのは——遊一が私に、とても似ていたからよ」

「……似てる？　俺と、来夢が？」

正直、まるでピンとこない理由だった。

中学生の頃の俺は、色んな奴らと絡《から》んだり騒いだりして、今よりはみんなとコミュニケーションを取って過ごしていた。

とはいえ、誰とでもそつなく話ができて、どんな場にも馴染《なじ》んでいける来夢とは……似たタイプって感じでは、なかったと思うんだけど。

「……あははっ。ピンとこないか、遊一は」

そんな俺の顔を見て、来夢が泣きそうな顔で笑った。

そして――ポンッと。

来夢は右手を、自分の胸に当てた。

「……中一で、初めて会った頃の遊一ってさ。『俺ってイケてるぜ！』みたいな感じだったでしょ？　男子とか女子とか関係なく、いっぱい話し掛けてて。テンションも高い方だったよね」

「えっと……大事な話なのかもしれないけど。できるだけ、控えめにしてくれない？……黒歴史すぎて、死にたくなるから」

「私にとっては、黒歴史じゃないもの。そうやって、明るく振る舞ってる遊一なのに――ときどき、瞳の奥が泣いてるような。そんな瞬間が、何度もあったんだ。それが……私が遊一を、好きになった理由だよ」

――来夢の言葉を聞いて。

俺はふいに……中学生の頃の自分を、思い返した。

学校では笑って過ごしてたけど。あの頃の我が家はゴタゴタしてて、落ち着かない時期が続いていた。

中一になった頃から、劇的に仕事が忙しくなった母さん。

そんな変化の中で、親父《おやじ》と母さんがすれ違っていく空気をひしひしと感じて……次第に家の中が、居心地悪くなっていった。

そんな矢先、小学校で嫌な目に遭わされた那由《なゆ》が、少しだけ不登校になった。

元気をなくした妹を見て、俺は心を強く持たなきゃって……そう思うようになった。

そして、中一が終わる頃。

母さんが、家を出ることになった。

それ以来、俺も那由も、母さんとは会ってない。

——母さんは仕事を取って、俺と那由を捨てたんだ。

——自分のやりたい仕事が、子どもより大事だったんだ。

そんな風に、思ったこともあったっけ。

恨んでるって、自分に言い聞かせてたことも……あった。

だけど——本当は覚えてるんだ。

一緒に暮らしていた頃。母さんはいつも、優しく笑っていて。

俺のことも那由のことも、いつだって大事にしてくれてたってことを。

だから正直……泣きたくなるときもあった。

でも、そんな弱い自分を見せないようにって。

――人前では明るく振る舞って、日常を楽しもうってしてたんだ。

それが……『笑顔』の仮面をかぶって生きてきた来夢と、似ていると言われたら。
確かに――そうなのかもしれないな。

「遊くんと来夢さんって、確かに似てますよね」

来夢の言葉に対して、結花は特に驚いた様子もなく、そう返した。

「覚えてます、来夢さん？　遊くんの心の奥の方に、『寂しい子ども』がいる気がするんだーって。そんな話をしたのを」

「……ええ。覚えているわ。だって――そのとおりだなって、思ったから」

『寂しい子ども』？

なんのことだか分からずにいると、結花が話を続ける。

「遊くんはいつだって頑張り屋さんで、格好いいけど……ちっちゃい遊くんが、心のどこかでときどき、泣いてる気がするんです。寂しい気持ちを堪《こら》えて、一人でうずくまってる、そんなちっちゃな遊くんを――私はいっぱい笑顔にしたい」

「…………ええ。分かるわ。だからこそ、私も……遊一を好きになったんだもの」

来夢がギュッと唇を噛《か》んで、下を向いた。

そんな来夢に、結花は穏やかに笑い掛ける。

「自分に似てる、そんな遊くんを――信じたかったんですよね、来夢さんは？」

「……信じたかったんじゃない。信じていたわ。私と同じように、心の中に閉じ込めた自分がいて。それでも、みんなに優しくて。そんな遊一なら――誰かの夢を馬鹿にしたり、誰かの想《おも》いを踏みにじったり、絶対しない。そう信じていたからこそ……好きだった」

そして来夢は、深く深く、ため息を吐《つ》いた。

「そうね、貴方《あなた》の言うとおりよ。両親を侮辱した連中を見て、幼かった私は傷ついた。だから――もう誰も信じないと言い聞かせることで、私は自分を護《まも》ってきた。そして、真伽《まとぎ》ケイさんの言葉だけを道しるべに……ここまで来たわ」

来夢の瞳が、ゆらりと揺れた。

今にも零《こぼ》れ落ちそうな、大粒の雫《しずく》を湛《たた》えながら。

来夢は震える声で――想いを綴《つづ》っていく。

「遊一に告白されたとき……本当に嬉《うれ》しかったんだ。この人になら、素顔を見せても大丈夫かもしれない。本当の自分の姿で、笑えるのかもしれない。そう思ったからこそ――怖くなったのよ」

「怖いって……何がだよ？」

今にも壊れそうな来夢に、少しだけ躊躇《ちゅうちょ》したけど。

俺は勇気を出して、尋ねた。

すると来夢は――寂しそうに笑った。

「一度でも仮面を脱いだら、もう二度と……『来夢』にも紫ノ宮らんむにも、戻れなくなる気がしたんだ。だから――本当の自分を遊一に見せることは、できなかった」

「……野々花来夢の顔だけになるんじゃ、駄目だったのか？」

「ええ。だってそれが……私の夢、だったから」

――芝居や歌で幸せを届けたい。

それが来夢の、夢だっけ。

そうか、来夢にとっての仮面は……自分を隠すためだけのものじゃなくて。

自分の夢を叶《かな》えるための——武器でもあったんだな。

そんなことを、ぼんやりと考えているそばで。

来夢は両手を広げて、芝居掛かった口調で語った。


「……あははっ。どうだったかなぁ二人とも？　他のすべてを捨ててでも、夢に向かって全力を尽くす——そんな信念をお題目にして。本当は弱い自分を隠していただけの、愚かな少女の物語。そして、柄にもないお節介をして——二人を傷つけてしまった、無様な少女の物語……駄作でしかなかったね、本当に」

「——そんなこと、絶対ありませんっ‼」


そんな来夢に対して、毅然《きぜん》とした態度でそう返すと。

結花は……ギュッと、来夢のことを抱き締めた。

「……なんのつもり、結花さん？」

「私の大好きな先輩のことを……もう悪く言わないでください。来夢さん」

来夢を抱いたまま、結花は続ける。

「私は……らんむ先輩のことが大好きで、いつだって尊敬してます。そんな、らんむ先輩が、私のことを――助けようってしてくれたのに。結果がどうとか、そんなことで……嫌ったり怒ったりできるわけ、ないじゃんよ……」

最後の方は声が上擦りすぎて、聞き取りづらかったけれど。

結花の想いが籠もった――温かい言葉だった。

そんな結花と、来夢を見て。

俺も黙っていられないなって、思った。

「なぁ、来夢。俺の友達の推しを悪く言う奴《やつ》は……たとえ昔好きだった相手だとしても、許さないからな？」

泣くのを堪えていた来夢が、驚いたように目を丸くした。

「誰も傷つけずにとか、誰にも傷つけられずにとか――そんな生き方、三次元の世界じゃできないんだよ。だから、そんなに……一人で気負うなよ」

――去年のクリスマスのことを思い出す。

結花という婚約者ができたことで、一緒にクリスマスを祝えないんじゃないかって……

那由には寂しい思いを、させちゃったよな。

──もっと前。

母さんがいなくなった頃を、思い出す。

…………優しい人だった。

そして真面目な人だった。

だから、忙しくなった仕事を、投げ出したりできず──親父とすれ違ってしまって。

結果的に、俺と那由は……寂しい思いを、してきたんだよな。

「人と関わることで、傷つけあうときだってあるけど。人と一緒にいることで……笑顔になれるときも、たくさんある。俺はそれを──結花に教えてもらったんだ」

結花がいるから。

俺はもう、夜に孤独を感じることは、なくなった。

一緒にご飯を食べたり、話したりしてるうちに、あっという間に時間が過ぎていくようになった。

笑ったり。ドキドキしたり。温かくなったり。

結花と一緒だと……悲しいことよりも、幸せなことの方が、よっぽど多くなったんだ。

だから──。

「そんな結花を。太陽みたいに、みんなに笑顔を届ける結花を──俺は一生支えていくって、誓ったんだ。だから、結花が大事に思ってる人は……俺も大事にしていきたい。家族とか、二原《にはら》さんやマサや久留実さん。ファン……は、俺がなんかするのは変だけど、大切な存在だって思う。それから──来夢。もちろん、お前もだよ」

「……私も？」

「そりゃあ、そうですよっ！」

俺の言葉に戸惑っている来夢に対して、結花は涙を拭ってから、言い放った。

「一人で抱え込まないでください、来夢さん！　頼りない後輩かもしれないけど、頼ってほしいです。それで一緒に……笑いましょう？」

そして結花は、来夢の頭を──優しく撫《な》でる。

まるで子どもをあやす、母親のように。

「…………優しくしないでよ」

「嫌でーす。だって……来夢さんは、ずっと一人で頑張ってきたんだから。少しくらい、甘やかされてくださーい」

「……私も遊一に、甘やかされたかったな」

「うっ！　ご、ごめんなさい‼　で、ででも、遊くんだけはさすがに譲れなくって……」

「……あははっ。引っ掛かったね。冗談よ、冗談。私だって、そこまで悪い女じゃないってば……馬鹿ね」

来夢の頬を、一筋の涙が伝った。

それは間違いなく、演技じゃない——来夢が流した、本当の涙。

「——ありがとう、結花さん」

「どういたしまして、来夢さん」

◆

「…………二人は婚約していて？　もう一年近く同棲《どうせい》してる？　本気で言っているの？」

俺と結花がすべての事情を打ち明けると——来夢は訝《いぶか》しむような顔をした。

それから、深くため息を吐き出して。

「そんな関係性にありながら、ラジオで『弟』がどうとか言っていたとか……貴方のリスクマネージメント、どうなってるのよ」

「ふへぇ……面目ないです」

「まったく……芯が通っているかと思えば、とんでもなく天然だったり。本当に困った後輩ね、結花さんは」

ぼやくように言いながら、来夢は優しく微笑《ほほえ》んだ。

『来夢』でも、紫ノ宮らんむでもない——月光のように穏やかな、その笑顔。

「ラジオでの振る舞いは、いったん置いておくとして——遊一。貴方のそばに、貴方を誰よりも愛してる人がいて、本当に嬉しいわ。だから、どうか……幸せになってね」

「ああ。幸せになるって、約束する。だから来夢。もう——自分を責めないでくれよ」

「………うん、分かった。善処するわ」

その返事は、いつもの演技とは違う気がしたから。

俺と結花の気持ちが、少しは来夢に届いたんじゃないかって、そんな風に思った。

「とはいえ——『カマガミ』の件は、なにかしら手を打たないとね」

そう言って、紫ノ宮らんむのような厳しい顔つきになると。

来夢は淡々と、俺たちに告げる。

「この間の炎上騒動を見ても、『カマガミ』が情けを掛けるなんて、到底思えないわ」

「……そう、ですよね」

「ええ。だから、そう遠くないうちに――和泉ゆうなと『恋する死神』のスキャンダルは、ネット上に暴露される。それはおそらく、避けられない」

来夢の放つ正論に、結花が少しだけ表情を曇らせる。

そんな結花の肩を、ポンッと叩《たた》くと――来夢は穏やかに微笑んだ。

「『60Pプロダクション』に頼るほか、ないわ。頭を下げる必要があるなら、私も一緒に下げる。貴方《あなた》が――和泉ゆうなが、声優の舞台から降りずに済むのなら。だから……笑いなさいって。貴方らしくないわよ、ゆうな？」

「………はいっ！　らんむ先輩‼」

――暴露系MeTuber『カマガミ』に対する不安は、正直大きい。

けれど、今こうして……来夢と分かりあうことができたように。

結花の笑顔の力は、奇跡だって起こせるから。

あんな悪意に負けるはずがないって信じてる。

信じているから、俺も最後まで……結花と一緒に、全力を尽くしてみせる。

そうじゃないと、未来の『夫』だなんて――胸を張って、言えないから。

# ★たとえ、私らしくないとしても★

『——分かったわ。らんむと遊一《ゆういち》くんの関係とか。「カマガミ」の件とか。とんでもなく混乱してるけど——ここで踏ん張らないと、マネージャー失格だからね』

「……ごめんなさい、鉢川《はちかわ》さん。ご迷惑をお掛けして」

『いいのよ。わたしはマネージャーなんだから、困ったときはいつでも頼って。らんむはいつも、一人で抱え込む癖があるでしょ？　だから、不謹慎だけど……こうして頼ってくれて、嬉《うれ》しいわよ』

——そうして、鉢川さんとの電話を終えると。

電気をつけていない薄暗い部屋の中で、私はベッドに腰掛けた。

仰ぎ見た天井は、途中から闇に消えていて……なんだか物寂しかった。

和泉《いずみ》ゆうなは——綿苗結花《わたなえゆうか》は、私が思っていた以上に、強い女の子だった。

無邪気で天然で、突拍子もないことばかりするけれど。

その根底にある心は……誰よりも芯が強い。

『アリステ』のゆうなにそっくりだな、なんて――そんな風に思う。

「遊一……結花さんと出逢《であ》えて、良かったね」

言葉として吐き出したら、少しだけ……ちくりと胸が痛んだ。

ごめんね。遊一、結花さん。もう『秘密』はなしってほしい。って言ったけど。

この痛みだけは、どうか――私の中で、眠らせてほしい。

「……………落ち込んでいる暇なんて、ないものね」

深く息を吸い込んで、胸の痛みを紛らわすと。

私は目を瞑《つぶ》り――心の中に、火を宿すイメージをする。

『カマガミ』との出来事の顚末《てんまつ》は、すべて鉢川さんに報告した。

事態が事態だけに、おそらくそれは――六条《ろくじょう》社長や真伽《まとぎ》さんの耳にも、届くだろう。

私の問題ではなく、和泉ゆうなの問題として。

罪悪感に押し潰されそうだ。

けれど、今はまだ、潰れるわけにはいかない。

「……『それぞれの信念があって、それぞれの光がある。正解はひとつじゃないから』

……真伽さん、新しい道しるべを、ありがとうございます」

芝居や歌で幸せを届けたい――そんな夢を追い掛けて。

かつて野々花来夢《ののはならいむ》は、自分のすべてを捧《ささ》げてでも、頂点を目指して輝き続けると誓った。

ひとつの夢に向かって、がむしゃらに頑張るやり方じゃないと……野々花来夢は、自分を保つことができなかったから。

だけど、正解は――それだけじゃないって。

……結花さんのおかげで、そう思えたから。

紫ノ宮《しのみや》らんむらしくないかもしれない。

野々花来夢らしくないかもしれない。

それでも私は――遊一のために、結花さんのために。

最後まで『カマガミ』と戦ってみせる。そして絶対に、二人を助けてみせるわ。

だって、それが――。

今、私がやりたいこと……だから。

## ☆もう、ずーっと……幸せだったんだ☆

『大体は、らんむから聞いたわ。なんでそんなこと……したのよ、ゆうな……』

遊《ゆう》くんがお風呂《ふろ》に入ってる間に。

私は自分の部屋で、久留実《くるみ》さんに電話をかけていました。

そしたら、電話口の向こうの久留実さんが、涙声になってきたから……私もキュッと、胸が痛くなっちゃう。

だけど、それでも私は——素直な気持ちを伝えました。

「ごめんなさい、久留実さん。それでも私は、やっぱり——らんむ先輩に、悲しい顔をしてほしくなかったんです」

『……馬鹿ね……本当に、ゆうなってば……』

上擦った声で、久留実さんはそう言って。

少しだけ——笑ってくれたような気がしました。

『そんな優しいあなただからこそ——わたしはずっと、支えていきたいって思ってるわ。忘れないで。何があったって、鉢川《はちかわ》久留実は絶対に……ゆうなのマネージャーだからね』

「……はいっ！　ありがとうございます、久留実さん」

いつもご迷惑ばっかりで、ごめんなさい。

だけど——同時に、思いました。

久留実さんもだし。桃《もも》ちゃんや来夢《らいむ》さん。掘田《ほった》さんや……みんな、みーんな。

私の周りには、優しい人しかいなくって——本当に温かいなぁ、って。

——久留実さんから伝えられたのは、大きく二つです。

ひとつは、『60Ｐプロダクション』として、何か法的な対応ができないかを調べるらしいってこと。

そして、もうひとつは……今後のことを考えていくために。

明日、偉い人たちと私とで、お話をするってこと。

「ひぃぃぃ……偉い人とお話とか、緊張するよぉぉぉ……」

電話を切ったところで、声に出さずにはいられませんでした。

久留実さんも一緒にいるけど、それにしたってなぁ。さすがにビクビクしちゃうよ。

偉い人の一人は、『60Ｐプロダクション』の代表取締役《だいひょうとりしまりやく》。

この事務所で一番偉い人――六条麗香《ろくじょうれいか》社長。

もう一人は、専務《せんむ》取締役兼アクター養成部長っていう、難しいお仕事をしてる人。

事務所で二番目に偉いらしい――真伽《まとぎ》ケイさん。

「……なんだか、すっごい大ごとになっちゃったなぁ」

口にした途端、今までの疲れがドッと出て――私はお布団《ふとん》に倒れ込みました。

敷いたばっかりの冷たいお布団に触れてると、なんだか胸の奥が冷えてきちゃう。

これまであんなに頑張ってきた来夢さんが、『カマガミ』さんのせいで――夢を潰されちゃうのだけは、本当に嫌でした。

来夢さんとの件でも、お義母《かあ》さんのことでも、いっぱい傷ついてきた遊くんが……また誰かから傷つけられるのは、もっと嫌でした。

だから私は、無意識に。

『カマガミ』さんに立ち向かって、自分が標的になることを選んじゃいました。

――二人が傷つくよりは、私が傷つく方がいい。

その気持ちは変わらないから、後悔はしてないけど。

やっぱりちょっとだけ……怖いよ、遊くん……。

――こんな気持ちになったのって、いつ以来だろ？

昔の私は、よく一人で泣いてたっけ。

家に引き籠もって、部屋の中で布団をかぶってたときも、そうだったし。

声優デビューしたばっかりで、音響監督さんにこってり絞られた後も、そうだった。

だけど、『恋する死神』さんと出逢って。

私は笑顔のまま――前向きに頑張るようになった。

そして、遊くんと出逢って。

毎日が楽しいしかない、そんな世界が――私の前に、広がるようになったんだ。

「もう、ずーっと……幸せだったんだなぁ。あんなに辛《つら》かったことが、全部遠い昔になっちゃうくらいに」

本当に、ありがとうね――大好きな遊くん。

私にいっぱいの、笑顔をくれて。

# 第16話 【超絶朗報？】俺の許嫁《いいなずけ》との絆《きずな》は、永遠だから

……………全然、寝付けない。

布団をかぶったまま、目を瞑っていたけど、まるで眠くなりやしない。

仕方ないので俺は、ゆっくりと上体を起こした。

隣では結花《ゆうか》が、身体《からだ》を横に向けて眠っている。

「……結花」

愛《いと》しい彼女の名前を呟《つぶや》いて。

俺はポンポンッと、結花の頭に触れた。

――今日は本当に、とんでもない日だったな。

来夢《らいむ》が実は、紫ノ宮《しのみや》らんむだったってことも、もちろん驚きだったし。

暴露系MeTuber『カマガミ』と遭遇する羽目になったのも、まるで予期しない出来事だった。

「同じ『アリステ』のファンのはずなのに……なんであんなことが、平気でできるんだろうな」

——俺たちファンへの冒瀆《ぼうとく》。

女性声優に彼氏がいることを、『カマガミ』はそう表現していた。

その気持ちが、俺にはまるで理解できない。

だけど、理解できないのは……俺の根幹が、あくまでも『アリスアイドル』という二次元美少女のファンだから、なのかもしれない。

『カマガミ』はおそらく、二次元キャラよりも、声優を応援してるファンなんだろう。

だからこそ、声優というものを神聖視しすぎて、自分の価値観を押しつけるようになり
——結果的に、死神へと堕《お》ちてしまった。

ガラスの部屋に籠もって、自分の価値観しか見えなくなった……そんな『カマガミ』は。

もしかしたら——俺や結花にもあり得た、ひとつの未来の姿なのかもしれない。

「……ん？」

そんなことを考えていたら。

そっと触れた結花の頬が、濡《ぬ》れていることに気付いた。

「結花？　ひょっとして、起きてるの？」

「……ぐー」

俺が質問した途端に、完璧なタイミングで寝息を立てる結花。

ＯＫ。完全に起きてるな。

「ひょっとして、最初から眠れてなかったの？」

「ぐー。ぐーぐー」

「眠れないまま、泣いてた？」

「ぐぐー。ぐー、ぐー」

「……寝てる人ー」

「はーい。ぐー」

だから、起きてるでしょってば。

埒《らち》があかないので、俺は掛け布団《ぶとん》に手を掛けて——バッと結花から剝がす。

結花は「うにゃっ⁉」っと小さな悲鳴を上げて、卵みたいに丸まった。

「……寝てるのにー。えーん、寒いよー。お布団かけてー。それか……遊《ゆう》くんが、お布団になってー」

「ん、分かった。それじゃあ俺が、お布団だ」

「ふぇ⁉　そっちの選択肢なの⁉　ちょっ、ちょっと待っ——あにゃあ⁉」

自分から振ったくせに、いざとなったら動揺しないでよ。まったく。

そんな結花を微笑《ほほえ》ましく思いながら——俺は横になると、結花の顔が自分の胸あたりにくるよう、ギュッと抱き締めた。

「ふへ……遊くんのにおいだぁ……好きー」

「俺も好きだよ、結花」

「ふにゃあ⁉ ゆ、遊くん！ 耳元で甘いセリフを囁《ささや》くの、だめだってば‼ おかしくなっちゃうよぉぉぉぉ……ばかぁ」

いつもよりサービスしたら、なんか怒られた。

そして怒りながら、結花はもぞもぞと、俺にもっとくっつこうと身体を寄せてくる。

「……ありがとね、遊くん？ なんかね、ぜんっぜん眠れなくって——寂しいなって、思ってたところだったんだ」

「そういうときは、起こしていいってば。自分が寝不足になるより、結花が寂しい思いをしてる方が、よっぽど辛いし」

「……もぉ。そんなこと言われたら、もっと泣いちゃうじゃんよ。遊くんのばーか……すーき」

結花は顔を上げて、ゆっくりと目を瞑《つぶ》ると。

俺の唇に――自分の唇を重ねた。

「んっ……きもちぃー……」

「……やめて、そのセリフは。我慢できなくなっちゃうから」

「我慢してるの？　しなくて、いーよ……だって私は、遊くんのものだもん」

そして結花は、もう一度キスをしてから。

ごろんと転がって――水色のワンピースを、胸の下あたりまで捲《まく》り上げた。

フリルのついた、純白の下着。

綺麗《きれい》にくびれてる、艶《なま》めかしい腰。

そして、きめ細やかな肌をした、撫《な》で回したくなるようなお腹《なか》。

「ちょっ……ちょっと、結花……」

理性と本能が、俺の中でぶつかり合ってる。

冷静な俺は、慌てるような時間じゃないって言ってるけど。

獣な俺は――結花に触れたくて、マジで死にそう。

「ねぇ……しよ？　遊くん……」

そんな、とんでも発言とともに……結花は恥ずかしそうに、両手を口元に持っていった。

右手の薬指に光る、銀色の婚約指輪。

そして――指輪に零《こぼ》れ落ちた、結花の涙。

「…………結花？」

お腹を出した、扇情的な格好のまま……結花はぽろぽろと泣いている。

そんな結花の姿を見て、理性が本能をノックアウトすると。

捲り上げていたワンピースを整えて、結花のことをもう一回、抱き締めた。

「……しないの、遊くん……？」

「ばーか。不安で潰れそうな許嫁に欲望をぶちまけるほど、俺は落ちぶれてないって」

「…………うん。好き、遊くん」

結花がギュッと、俺に抱きついてきた。

柔らかくて華奢《きゃしゃ》な、結花の感触に。

この子を護《まも》りたいって――今まで以上に、そう思った。

「遊くんにも来夢さんにも、飛び火しないようにって、頑張ったけどね？　やっぱりちょっと……怖くって。昔みたいに、嫌なことをたくさん言われたら……どうしようって」

結花がそう思うのも当然だ。

悪意のある動画がアップされれば、和泉《いずみ》ゆうなが炎上するほど叩《たた》かれる可能性だって、十分にある。

そうなれば――多くの心ない言葉を受けた、中学の頃みたいに。

自分の心がまた、折れちゃうんじゃないかって……不安にもなるよな。

だから俺は、結花の涙を指先で拭って、精一杯の笑顔を向けた。

これからも結花が、一緒に笑っていられるようにって、そんな想《おも》いを込めて。

「大丈夫だよ、結花。俺がずっと、そばにいるから。だから……一緒に笑おう。これからも、ずっと」

「……大好き、遊くん」

そんな俺の言葉に、にっこりと笑うと。

結花は俺の頬に手を当てて――涙を流しつつ、キスをしたんだ。

「ねぇ、遊くん……お願い。私が泣きやむまで――キス、やめないで？」

# 第17話　―真実という名のフェアリーテイル―

「おはよう、ゆうな。準備はいい？」

我が家の前に駐めた車の中から、鉢川《はちかわ》さんが結花《ゆうか》に声を掛けた。

茶色い髪を、ツインテールに結って。

ピンク色のチュニックと、チェックのミニスカートを身に纏《まと》って。

結花は――和泉《いずみ》ゆうなは、ぺこりとお辞儀をした。

「ご迷惑をお掛けします、久留実《くるみ》さん。よろしくお願いしますっ！」

――『カマガミ』からの突撃を受けた翌日。

結花はこれから、『60Pプロダクション』の事務所に行って……偉い人たちに詳しい事情を説明するらしい。

俺と結花が、婚約していることも。

俺と結花が、同棲《どうせい》していることも。

すべての真実が、これで――事務所にも知られることになる。

そんな緊張からか、目の前にいる結花の手は……少しだけ、震えてる。

「……鉢川さん。ひとつ、お願いしてもいいですか？」

「ん？　なぁに、遊一《ゆういち》くん？」

だから俺は、腹を括《くく》って。

鉢川さんに向かって——頭を下げた。

「今回の件は、俺も当事者だから……お願いです！　俺も結花と一緒に、事務所へ連れていってください‼」


車を降りて、鉢川さんに連れられるがまま、事務所に入ると……やたらと広いラウンジに通された。

「それじゃあ、わたしから六条《ろくじょう》社長にお願いしてくるから。ゆうなと遊一くんは、このラウンジで待ってて」

平然とそんな風に言って、鉢川さんは事務所の奥へと向かっていく。

「あ、あの！　自分からお願いしといてなんですけど……マジで大丈夫なんですか？」

「……分かんないわよ、聞いてみないと。めちゃくちゃ怒られる可能性だってあるし……はぁ。クビになったら、婚活でもはじめようかなぁ」

ため息交じりに、そんなぼやきを口にして。

鉢川さんは振り向きざまに——俺たちにウインクをしてきた。

「ま。気にせず任せてちょうだいって。わたしのことなら、気にしなくていいから。だって、わたしは……和泉ゆうなのマネージャーなんだもの」

そうして、鉢川さんがいなくなった後。

俺と結花は、ラウンジに置かれた椅子に、それぞれ腰掛けた。

声優事務所なんて、慣れないもんだから。

そわそわとあたりを見回しつつ、鉢川さんの帰りを待っていると——。

「——遊一まで来ているとは、思わなかったわ」

聞き覚えのある、クールな声とともに。

ゴシックな服を身に纏った紫ノ宮《しのみや》らんむが——俺たちの前に姿を現した。

「ら、らんむ先輩⁉ なんで、らんむ先輩が——」

「……今回の件は、私にも責任のあることだから。私の独断でここに来たの」

腰まである、紫色のロングヘアを翻《ひるがえ》して。

なんでもないことのように、紫ノ宮らんむは言い放つ。

「……そんなことして、大丈夫なのかよ？」

淡々としてるけど、結構とんでもないことしようとしてないか？

そんな風に思うけど、紫ノ宮らんむは――平然と告げた。

「大丈夫かどうかは、関係ないわ。私は紫ノ宮らんむ。やりたいことを、やるべきことを……全力でやり通す。それが私の生き様だもの」

「――なんだか随分と、騒々しいじゃないか」

俺と結花と来夢《らいむ》が、三人で話していると。

カツカツと靴音を鳴らしながら、グレーのスーツを身に纏った女性が歩いてきた。

パーマの掛かった、金色に近い茶髪。

右の目元にあるホクロは、なんだか大人の色気を感じさせる。

「って、らんむ!?　なんであなたまで、ここにいるの!?」

「――すみません、鉢川さん。だけど、私には……最後までこの件を見届ける、義務があると思うので」

後ろからついてきた鉢川さんは、かなり動揺してるけど。

もう一人の女性は、まるで動じることなく――涼しい顔をしている。

「構わないよ、鉢川。今回の件、紫ノ宮も関わっているのだろう？　事務所として大きな対応をする以上、情報は多いに越したことはない。話を聞かせてもらおうじゃないか」

結花が勢いよく立ち上がり、姿勢を正した。

俺もそれに合わせて席を立ち、女性の方に向き直る。

「社長。彼は遊一くんと言いまして――」

「聞かなくても、大体分かるよ。君が『恋する死神』……和泉の『弟』なんだろう？　初めまして。私は六条麗香《れいか》。この『60Ｐプロダクション』の、代表取締役《だいひょうとりしまりやく》を務めている」

「は、初めまして。このたびはご迷惑をお掛けして、申し訳ありません……」

「気にする必要はないよ。君も和泉も、もちろん紫ノ宮も――誰ひとり悪くないさ」

落ち着き払った喋《しゃべ》り方。

余裕に満ちたその雰囲気。

さすがは『60Ｐプロダクション』の社長……何もしてないっていうのに、気圧《けお》されそうになる。

「六条社長――本当に、すみませんっ！」

「和泉、頭を上げたまえ。さっきも言っただろう？　私は誰も、責めるつもりはない」

穏やかなトーンでそう言うと、六条社長は優雅に微笑《ほほえ》んだ。

「和泉も紫ノ宮も……確かに、アイドル的な活動をしている声優だ。だが、どんなに華々しく活躍しようとも――舞台をおりれば、ただの人間。ただの人間の色恋に、ルールを課すことほど、馬鹿げたことはないだろう？　だから、『60Ｐプロダクション』としては――和泉。君のことを、護《まも》りたいと思っているよ」

「あ、ありがとうございます！　六条社長‼」

「……………だが。ひとつだけ、覚えておいてほしい」

そこで。

六条社長は、一気に声のトーンを落として、言い放った。

「君たちは、ただの人間だけれど――ファンにとっては、偶像だ。偶像をどう捉えるかは、人それぞれ。だからこそ、こうなった以上……今までどおり、ファンが笑顔で迎え入れてくれるとは限らない。その覚悟は必要だよ――和泉」

「六条社長！　今回の件は、私の過失が招いたもの……ゆうなだけが炎上するなんて、納得できないです！」

いつにない剣幕で、来夢が声を荒らげた。

「冷静な紫ノ宮らしくないね。たとえ事情があろうとも、明るみになったゴシップがすべてだよ。ファンにとっては……ね」

「動画がアップされる前に、『カマガミ』を止めることはできないんですか⁉」

「アップロードされれば、速やかに法的な対応を取るよ。その準備は、既にはじめている。だが――動画がアップロードされる前に止めることは、現実的に難しい」

どんなに声を上げようと、返ってくる答えは非情なもの。

そんな現実に、来夢は強く歯噛《はが》みする。

「……ありがとうございます、らんむ先輩。だけど、大丈夫です――分かってたことですもん」

結花が眉尻を下げて、消え入りそうな声で言った。

そんな結花の姿に――俺は指が折れそうなくらい、拳を握り締める。

――ファンが笑顔で迎え入れてくれるとは限らない。

頭では分かっていた。けれど、改めて耳にすると。

たくさんの笑顔をファンに届けてきた、和泉ゆうなにとって……それはあまりにも、残酷すぎる現実だった。

そうして俺が、力なく立ち尽くしていると――――。

「……あ、いたいた。麗香、移動するなら声を掛けてよ。どこに行ったのかと思ったわ」

「――ああ。すまない、ケイ。つい先にはじめてしまった」

張り詰めていたラウンジの空気が、一気に柔らかなものに変化した。

それほどまでに、新たに聞こえてきた声は――穏やかで優しいものだった。

「……真伽《まとぎ》、さん」

来夢が小さな声で、呟《つぶや》いた。

真伽さん――結花や来夢の口から、何度か聞いた名前だ。

俺たちが物心つくより前に、日本中を沸かせたトップモデル――真伽ケイ。

アニメとかゲームしか興味がないもんだから、申し訳ないことに顔も知らないけど。

……………なんでだろう？

この声――どこかで聞いたことがある気がする。

「ケイ、紹介するよ。彼が『恋する死神』――ゆうなのファンで、交際している相手だ」

六条社長に名前を呼ばれて、俺は一歩前に出た。

そして俺は、初めて……真伽ケイと対面した。

「初めまして、『恋する死神』さん。私は真伽ケ――」

真伽ケイが、言葉に詰まった。

――そして。

俺と真伽ケイは、同じタイミングで、言った。

「――遊一？」

「……母さん？」

聞いたことのある声だった。

見覚えのある顔だった。

忘れるわけがなかった。

真伽ケイ。

彼女の本名は――佐方京子《さかたきょうこ》。

――俺の、母親だ。

# あとがき

【朗報】氷高《ひだか》の作家人生の半分が、『地味かわ』になる！


物凄《ものすご》く私的な見出しで恐縮ですが……いつも応援ありがとうございます、氷高悠《ゆう》です。

本シリーズも、遂《つい》に七巻に突入しました！

氷高のこれまでの著書が計十四冊なので、作家人生の半分を『地味かわ』に費やしたと言っても、過言ではないです。

それもこれも、ひとえに皆さまの応援があってこそ。本当に感謝しております！

七巻と同月に、椀田《わんだ》くろさまの描くコミカライズ版『地味かわ』二巻も、発売となります。表情豊かな結花《ゆうか》たちが織りなす、原作一巻のラストまでの物語。連動購入キャンペーンも実施しておりますので、ぜひぜひ併せて手に入れてくださいね！

その他、ＰＶ・ボイスコミック・ＭＶ『笑顔を結ぶ花』は引き続き公開中。ＡＳＭＲボイスドラマ版『地味かわ』も、大好評発売中です‼

さて、ここからは七巻のネタバレを含みます。

あとがきから読んでいる方は、ご注意くださいね。


来夢《らいむ》の設定については、二巻執筆時から概《おおむ》ね固まっていました。遊一《ゆういち》をフッた理由、紫《し》ノ宮《のみや》らんむとしての信念、桃乃《ももの》との関係性など。ですが、これまでの彼女は達観した態度で、本心を見せない立ち振る舞いに終始していました。

そんな来夢が、初めて遊一や結花に、素《す》の自分を見せることができた……そう思うと、感慨深いのと同時に、「良かったね、来夢」と思わずにいられません。

作中にもあるとおり、来夢は結花と対比をなす存在です。

過去に深く傷つく経験をして、本当の自分を隠すようになって、様々な顔を持つようになったという共通点を持ちながら。結花はみんなと繋《つな》がっていきたいと願い、来夢は確固たる信念を貫こうとしてきました。

そんな二人を描く中で――作者の想定を超えたことがあります。

それは、来夢や『カマガミ』と対峙《たいじ》しても、一切ブレることのなかった結花の姿です。

プロット段階では正直、結花はもっと弱気になるだろうと思っていました。ですが書き終えてみると……結花はどんなピンチを前にしても、笑顔で立ち向かっていました。

作者の思惑を超えて、成長した結花がいるから――この先もきっと大丈夫。
そんな風に感じられる、最高の巻に仕上がったと自負しております。
そして、遂に明かされた『地味かわ』最後の真実……それが真伽《まとぎ》ケイの正体です。
真伽ケイの設定も、三巻執筆中には既に固まっていました。そして、彼女の正体が、
『地味かわ』のクライマックスを飾るということも。
親同士が勝手に決めた結婚話からはじまった、遊一と結花の許嫁《いいなずけ》生活。様々な困難を
乗り越えていく中で、二人は『夫婦』に――『家族』になってきました。
そんな二人だからこそ、向き合わないといけない相手……遊一の家族、真伽ケイ。
彼女との物語が、果たしてどんな結末を迎えるのか。どうか最後まで見届けていただけ
ますと、幸いです！
それでは謝辞になります。
たん旦《たん》さま。バレンタインをテーマに、家結花・学校結花・和泉《いずみ》ゆうなを描いていただ
き、ありがとうございます！　これまで以上に温かな色合いの結花を見ていると、明日も
頑張ろうという気力が湧いてきます。今後ともどうぞ、よろしくお願いいたします。

担当Tさま。サブ担当のNさま。七巻は物語のキーになるシーンが多かったため、かなり難儀しながらの進行になってしまいました。申し訳なかったです。今後もご迷惑をお掛けするかと思いますが、頑張りますのでよろしくお願いいたします！

コミカライズを担当してくださっている椀田くろさま。ASMRボイスドラマで結花を演じてくださった日高里菜《ひだかりな》さま。MVの楽曲を手掛けてくださった家の裏でマンボウが死んでるPさま。PVやボイスコミックで遊一＆結花を演じてくださった、石谷春貴《いしやはるき》さま＆伊藤美来《いとうみく》さま。ならびに、本シリーズに関わってくださっているすべての皆さま。

創作関係で繋がりのある皆さま。友人、先輩、後輩諸氏。家族。

本当に、本当に、いつもありがとうございます。


そして最後に、読者の皆さま。

遊一と結花の物語も、いよいよ大詰めです。

みんなで一緒に笑える未来に向かって、全身全霊を込めて物語を紡《つむ》いでいきたいと思います。

どうか最後まで、『地味かわ』を応援してくださいね！

氷高　悠

富士見ファンタジア文庫

【朗報《ろうほう》】俺《おれ》の許嫁《いいなずけ》になった地味子《じみこ》、
家《いえ》では可愛《かわい》いしかない。7

令和５年２月20日　初版発行

著者——氷高《ひだか》 悠《ゆう》

発行者——山下直久

発　行——株式会社KADOKAWA
〒102-8177
東京都千代田区富士見2-13-3
0570-002-301（ナビダイヤル）

印刷所——株式会社暁印刷

製本所——本間製本株式会社



ISBN978-4-04-074732-3 C0193 ◇◇◇

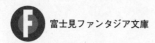

切り拓け！キミだけの王道
ファンタジア大賞
原稿募集中！
賞金
《大賞》300万円
《金賞》50万円
《銀賞》30万円
選考委員
細音啓「キミと僕の最後の戦場、あるいは世界が始まる聖戦」
橘公司「デート・ア・ライブ」
羊太郎「ロクでなし魔術講師と禁忌教典《アカシックレコード》」
ファンタジア文庫編集長
前期締切 8月末日
後期締切 2月末日
公式サイトはこちら！ https://www.fantasiataisho.com/
イラスト／つなこ、猫鍋蒼、三嶋くろね